Fritz-Stefan Valtner

Burn-out ...

... der lange Weg in die Krise

Bibliografische Information der Deutschen Nationalbibliothek:

Die deutsche Nationalbibliothek verzeichnet diese Publikation in der deutschen Nationalbibliothek; detaillierte Daten sind im Internet unter: http://dnb.dnb.de abrufbar

Herstellung und Verlag:
BoD – Books an Demand, Norderstedt

ISBN-Nummer: 978 3749 429660

Printed in Germany

Ähnlichkeiten mit lebenden Personen sind rein zufällig.

Inhaltsverzeichnis

Die Anfänge

Der Weg in den Stress

Warum setzen wir uns so unter Druck?

Anforderungen

Neue zusätzliche Aufgaben

Werde ich den Anforderungen gerecht

Wie geht es weiter?

Plötzliche Geschehnisse

Der Zusammenbruch

Die Entscheidung

Der einsame Weg aus der Krise

1

Noch einmal schlägt das Schicksal zu

Alles wieder von vorne?

Rückzug in die Einsamkeit

Der Neuanfang

Schlusswort

2

Der Autor Fritz-Stefan Valtner

Mittlerweile bin ich im Rentenalter angekommen.
Mein Berufsleben begann 1971 in einem Büro, an einem Schreibtisch mit trockenen Zahlenwerten.
Dieser Bereich nannte sich vollmundig Kalkulation und Rechnungswesen.

Acht Jahre später ging ich dann in den Vertrieb, der mir mehr Möglichkeiten in meiner Entfaltung bot.

Zur gleichen Zeit gründete ich eine Familie und mein Leben wurde turbulenter. Aber man wollte ja auch etwas erreichen, wie man es so schön sagte. Alles lief nach Plan. Alles schien perfekt. Im Jahre 1997 kauften wir dann unser Haus im Grünen und wir wähnten uns am Ziel unserer gemeinsamen Träume. Sieben schöne Jahre gewährte uns dann das Schicksal.

Dann schlug es unbarmherzig zu. Meine geliebte Frau Maria erlitt auf dem Weg zur Arbeit einen schweren, schuldlosen Unfall. Er veränderte von einer Sekunde auf die andere unser gesamtes Leben. Zuerst hatten wir noch Hoffnung, dass alles wieder gut wird. Aber die Hoffnung wurde Monate später durch einen zweiten Schicksalsschlag jäh zerstört.

In dieser Zeit wurde auch mein Leben bedroht. Dazu später mehr. Zweieinhalb Jahre später war ich allein und ging als einsamer Witwer, von allen verlassen, durch die Welt.

Drei Jahre ließ ich alles liegen und fing an, über diese wilden, schicksalhaften Zeiten zu schreiben.

Dabei war ich dem so genannten **"Burn-out"** sehr, sehr nahe gewesen. Zum Glück hatte ich den Mut und auch das Glück, noch rechtzeitig die Reißleine ziehen zu können.
Heute, mit einem gewissen zeitlichen Abstand zu den Geschehnissen von damals kann ich sagen, dass das Schreiben mir geholfen hat, um aus dieser Krise, ja, man kann auch sagen, Lebenskrise, wieder heraus zu kommen.

Den langen Weg in die Lebenskrise hinein und wieder heraus habe ich in diesem Buch nieder geschrieben.

In diesem Buch beschreibe ich den Weg, der mich über Jahre, vielleicht auch Jahrzehnte, langsam in den **"Burn-out",** wie man heute so schön sagt, geführt hat.
Ohne es zu wissen beziehungsweise zu bemerken, bin ich in eine Spirale geraten, die sich dann noch durch gravierende Schicksalsschläge enorm beschleunigte und es zu einer Lage kam, aus der ich nicht mehr heraus fand und bis zur totalen Erschöpfung versuchte, es allen gerecht zu machen. Letztlich bin ich dann auf der Strecke geblieben.

Mein Glück kam dann mit meiner zweiten Frau Manuela, die mir zeigte, dass es auch noch etwas anderes im Leben gibt, als auf der Überholspur zu rasen.

Wir haben geheiratet und für uns einen Neuanfang gestartet. Heute kann ich sagen, vielleicht sollte alles so laufen, wie es das Schicksal vorbestimmt hatte.

Ich bin froh, dies rechtzeitig erkannt zu haben und eine Wendung um 180 Grad machen konnte und meinem Leben eine neue, andere Qualität zu geben.

Vielleicht kann ich dem einen oder anderen helfen, rechtzeitig zu erkennen, wann man die Notbremse ziehen muss.

Allein dann, hat sich dieses Buch schon bezahlt gemacht.

Die Anfänge

Wo begann eigentlich der Weg in die Krise?

In den letzten sechs Jahren hatte ich oft die Gelegenheit mir darüber Gedanken zu machen.

Aber wo sollte ich ansetzten?

Schon in jungen Jahren?

Kannte ich da überhaupt schon das Wort "Stress"? Vielleicht muss ich noch weiter zurückgehen, um mir klar zu werden, was Stress eigentlich bedeutet?
In meiner Schulzeit gab es auch Anforderungen, die vielleicht höher lagen, als in unserer heutigen Zeit. Da wurde nichts geschönt, wenn eine Klassenarbeit schlecht war, dann war sie halt schlecht und wurde dementsprechend bewertet.

Damit wir an unseren Ehrgeiz erinnert wurden, schrieb man eine neue Arbeit und wehe man verhaute die auch noch.

Dann standen aber zwei Sechsen im Klassenbuch und die Versetzung war in einem hohen Maß gefährdet. Aber soweit ließ man es nicht kommen. Die eine Sechs war schon Warnung genug, sich wieder mehr mit dem Lernen zu beschäftigen. Dennoch hielt uns das nicht ab, jeden Tag draußen mit seinen Freunden Fußball zu spielen. Ich glaube nicht, dass wir das Gefühl hatten, in der Schule überfordert zu sein. Vielmehr war der Sport für uns ein Ausgleich, der uns immer wieder neu motivierte, nicht nur im Sport gut zu sein, sondern auch unsere schulischen Leistungen nicht zu vernachlässigen.

Noch heute gilt meinen damaligen Lehrern meinen Dank für ihre nicht immer leichten Arbeit mit uns.

Aber auch für die Hartnäckigkeit mit der sie uns drängten, unsere Leistungen immer wieder zu hinterfragen und zu verbessern.

Ich kann für mich heute sagen, dass die Strenge und der Gehorsam gegenüber meiner Lehrer für mich sehr hilfreich waren, auf meinem späteren Lebensweg.

So war ich eigentlich gut gerüstet für den Start ins Berufsleben. Denn schon damals wusste ich, dass Leistung notwendig ist, um im Leben weiter zu kommen.

Auch meine Eltern hielten mich immer wieder dazu an, zu lernen.

Denn ich lernte ja nicht für sie, sondern einzig und allein für mich selber! Vielleicht lernte ich dies einmal zu schätzen, wenn mein Leben einmal nicht so planvoll verlaufen sollte. Das was du einmal gelernt hast, dass kann dir keiner nehmen, hieß es oft.

Wissen ist Macht!

Denn meine Eltern hatten es ja am eigenen Leibe erfahren, wie es ist, wenn ein sinnloser Krieg, einem alles nimmt und man wieder ganz von vorne anfangen muss. Dabei war man auf sich allein gestellt. Damals gab es kein Hartz IV, keine soziale Hängematte, in der man es sich bequem machen konnte.

Es gab nichts mehr!

Nein, hier musste jeder für sich selbst sorgen, um zu überleben. Da schätzte man noch alle Werte und waren sie selbst noch so klein. Dieses Verhalten hat natürlich abgefärbt und einen geprägt.

Je mehr ich mich mit der Geschichte des frühen 19. und 20. Jahrhunderts beschäftigt hatte, umso mehr wurde mir klar, dass man lernen muss, um erfolgreich sein Leben meistern zu können.

Aber es waren auch so Sätze, wie:

"Von Nichts kommt nichts!"

"Nur harte Arbeit bringt dich weiter!"

die mich anspornten.

Als ich ins Berufsleben ging, merkte ich recht schnell, dass hier einzig allein Leistung zählt. Für die wurde man schließlich bezahlt.

Und dafür erwartete man auch, ja man setzte dies voraus, dass man sich hier auch entsprechend für die Firma einsetzte.

Ich machte mich also auf den Weg in die Berufswelt, hielt meine Augen offen, war für jede neue Tätigkeit zu haben, übernahm gerne schon früh eine Verantwortung und hatte keine Angst, etwas Neues, etwas Fremdes für mich zu lernen.

So ließ man mir schnell im Bereich der Kalkulation freie Hand, dass gleiche auch im Rechnungswesen, da man sah, dass ich hier sehr gewissenhaft arbeitete und es verstand, mit Zahlenwerten hervorragend umzugehen.

Später kam ich auf dem Geschmack, Architekten zu beraten, Baustellen abzuwickeln, aber zuvor musste ich noch eine neue Aufgabe in der Betriebsleitung unseres Fertigungswerkes übernehmen. Schon in dieser Zeit arbeitete ich mehr, als mein Vertrag es bestimmte.

Es war halt notwendig, um die Tagesleistung in der Produktion zu gewährleisten, denn davon hing auch das Überleben der Firma ab.

Mir machte die Arbeit immer sehr viel Spaß. Ich lernte neue Techniken kennen, nahm an der Entwicklung von neuen Produkten teil und konnte mein Fachwissen immer weiter ausbauen.

Ich habe immer gerne gearbeitet und wenn man mich fragte, ob ich diese Aufgabe oder jene Arbeit übernehmen wollte, sagte ich in der Regel zu.

Dabei wurde ich mit der Zeit fast schon unentbehrlich für den Betrieb. Irgendwelche Fehlzeiten konnte ich mir kaum erlauben. Man war ein kleines, aber mittlerweile auch wichtiges Rädchen im Getriebe des Betriebes. Mir wurde dies manchmal richtig unheimlich, wenn ich den Betriebsleiter vertreten musste. Er hatte das Vertrauen in mich gesetzt, dass ich seine Aufgaben genau so gut machte, wie er selber. Also konnte ich auch seine Urlaubsvertretung sein.

Dazu musste man aber auch bereit sein, Verantwortung zu übernehmen und den Mut haben, auch neue Verfahren auf dem Weg zu bringen. All dies brachte mich weiter auf meiner beruflichen Leiter.

Doch irgendetwas fehlte mir, bei all den zahlreichen Aussichten.

Ende der Siebziger Jahre lernte ich meine Frau Maria kennen. Wir fühlten, dass wir beide ähnliche Ziele hatten. Wir heirateten und gründeten eine Familie.

Wir wachsen zusammen und versuchen unser Leben zu gestalten.

In den ersten Jahren versuchten wir die Möglichkeiten zu schaffen, uns ein gemeinsames Heim einzurichten. Wir beide hatten damals nicht viel auf der hohen Kante, aber wir wollten uns schon ein schönes Heim schaffen.

Dafür arbeitete ich in meiner Freizeit in der Landwirtschaft meiner Schwiegereltern.

Dank meiner erworbenen Fähigkeiten im Beruf, konnte ich in der Verwandtschaft einige kleine Aufträge ausführen.

Schnell hatten wir den Grundstock für unser Heim geschaffen. Jetzt wollten wir auch in absehbarer Zeit Kinder haben. Als Beamtin hatte meine Frau den Vorteil, dass ihre Arbeitsstelle drei Jahre freigehalten wurde, damit sie wieder zurück an ihre alten Wirkungsstätte kehren konnte.

Okay dachten wir uns, dann könnten wir das Risiko eingehen, ein Gehalt zu verlieren, um ein Kind zu bekommen. Ich versuchte damals, mein nicht gerade hohes Gehalt zu steigern.
Aber mein damaliger Arbeitgeber stellte sich stur. So suchte ich mir eine neue Aufgabe, die mir weitaus mehr Spaß machte, als die Arbeit in der Betriebsleitung.

Ich ging in den Vertrieb bei einer neuen Firma und sollte dort ein neues Verkaufsgebiet aufbauen. Eine sehr reizvolle Aufgabe. Hier wurde meine Leistung bezahlt. Innerhalb eines Jahres konnte ich mein Gehalt verdoppeln, was unseren Wunsch nach einem Kind natürlich mehr als entgegen kam.

Da ich jetzt abhängig war von meinen Verkaufserfolgen, musste ich natürlich mehr Einsatz zeigen.

Getreu dem Motto:

"Ohne Fleiß kein Moos."

So hatten wir auf der einen Seite eine rechte gute Sicherheit, auf der anderen Seite war ich jetzt mehr unterwegs. Dann kamen unsere beiden Kinder 1982 und 1986 auf die Welt und wir mussten uns eine größere Wohnung zulegen. Das war wieder mit neuen Anschaffungen verbunden. Abgesehen von dem einen Jahr 1985, wo meine Frau wieder mitarbeitete, mussten wir bis 1990 nur mit einem Gehalt auskommen.

Noch ging das. Aber die Zeiten wurden schlechter. Eine schwere, wirtschaftliche Schieflage in der Branche machten Umsätze immer schwieriger.

Noch gelang es mir, durch einen immensen Einsatz, sehr gute Umsätze zu erzielen.

Aber zu welch einem Preis?

Schon hier glaube ich, fing der Weg an, der mich immer mehr in eine Spirale hinein drückte.

Auf der einen Seite war das Leben immer teurer geworden, die Ansprüche stiegen und man versuchte dem nach zu kommen. Trotz einer hohen Stundenzahl in der Woche, es waren immerhin schon fast 50 bis 60 Stunden, die ich arbeitete, half ich meinen Schwiegereltern noch in der Landwirtschaft. Samstags ging es dann noch auf den Wochenmarkt. Viel an Freizeit blieb für mich und meine Familie nicht übrig. Es war aber auch eine Aufgabe die mir Spaß machte, so dass man eine schleichende Erschöpfung nicht wahrnahm. Man war ja außerdem noch jung und steckte vieles noch locker weg. Ferner hatte man ja jetzt auch noch eine Verantwortung für die eigene Familie.

Die wollte versorgt sein!

Also war man froh, für jeden Pfennig, den man sich hinzu verdienen konnte. Beruflich wurde es in meiner Branche immer turbulenter.

Firmen gingen Pleite und Neue kam auf den Markt. Viele dieser neuen Firmen hatten keine rechte Basis und verschwanden genauso still und leise wie sie gekommen waren. Auch meine Firma hatte sich mit ihren Investitionen etwas verplant und musste ihr Personal abbauen. Kurze Zeit später musste auch ich mich wieder auf eine neue Suche begeben. Zum Glück hatte ich schnell eine neue Aufgabe gefunden.

So dachte ich!

Leider war die Firma schon pleite, bevor sie es merkte. Also wieder begann eine neue Suche.

Da ich Geld verdienen musste, nahm ich jede Möglichkeit war, um irgendwo unterzukommen.

Wenn sich dann etwas Besseres bot, wechselte ich dann erneut.

Jedoch waren damals viele Firmen bereits so platt, dass eine Neueinstellung sinnlos war. So sprang ich in diesen Zeiten von einem Job zum anderen. Es musste ja irgendwie weiter gehen!

Aber so recht zufrieden war ich nicht mit meiner Lage. Die Unsicherheit war einfach so groß. Die Frage nach dem Morgen wurde immer dringlicher. Ich fing wieder an zu suchen und schaute mich auch in anderen Branchen um.

Warum nicht noch elnmal etwas Neues lernen?

Jetzt war ich handwerklich nicht gerade ungeschickt, da kam mir eine Stelle in der Befestigungstechnik gerade recht. Hier konnte ich meine eigenen Erfahrungen wieder gut an den Mann bringen.

Ich kam hier wieder in etwas ruhigem Gewässer an und konnte mit normalen Arbeitszeiten auskommen.

Endlich konnte ich wieder aufblühen!

Schnell stellten sich wieder neue Verkaufserfolge ein.

Das weckte neue Begehrlichkeiten. Aufstieg in die Verkaufsleiterriege?

So schön dies auch alles war, es war auch mit neuen Anstrengungen verbunden. Erfolge zwingen immer zu einem weiteren, höheren Einsatz.

Will man darauf eingehen?

Gut, für das eigene Ego wäre dies nicht schlecht, wenn man sich Verkaufsleiter nennen kann. Aber was bedeutet dies für einen?
Man hat vielleicht 10 Mitarbeiter unter sich, die man führen und leiten muss. Die man aber auch zu höheren Leistungen anstacheln soll.

Was ist, wenn die nicht mitmachen?

Wenn sie ihre Leistungen nicht bringen können?

Man ist verantwortlich für die Vorgaben, die man von der Geschäftsleitung bekommt. Die kennen nur ein Ziel - immer nach oben mit den Zahlen! Damit wird der Druck stärker.
Man versucht eigene Verkaufserfolge zu erzielen, um sie dann im Team als Motivation zu nutzen.
Im Endeffekt bedeutet dies: Einsatz an allen Fronten.
Aber womit erkaufe ich mir das? Noch weniger Zeit für die Familie. Noch weniger Zeit für den Partner. Wenn der Partner bereit ist, für ein Ziel, dies in Kauf zu nehmen, dann geht es ja noch. Meine Kinder mussten sehr oft auf mich verzichten. Die Entwicklung vom Baby bis zum Jugendlichen habe ich nur in wenigen Zeiten hautnah erleben dürfen.

Ansonsten war ich immer unterwegs in meinem Beruf und nebenbei auch noch für meine Schwiegereltern im Einsatz. Man wollte es ja allen gerne zurecht machen.

Der Weg in den Stress

Warum lassen wir es zu, dass wir uns so sehr unter Stress setzen lassen, um irgendwelche Ziele zu erreichen?

Liegt es an die Erwartungen, die der Partner, die Umwelt an uns stellt?

Oder wir an uns beide?

Was ist der Auslöser, der uns dazu antreibt?

Ich glaube, wir haben auch sehr oft auf unsere Freunde geschaut, wie sie den Sprung ins Eigenheim geschafft hatten. Gut, manch einer hatte dabei die breite Unterstützung der Eltern. Die hatten wir nicht. So hinkten wir immer etwas hinter allen hinterher.

Dabei hatten wir aber jedes Mal eine bessere Wohnstätte, mit einer entsprechenden Ausstattung.

Aber dies reichte plötzlich nicht mehr!
Wir wollten auch gerne Etwas unser eigen nennen. Aber wie kamen wir dahin? Hatten wir zu hohe Ansprüche an uns selber? Wollten wir alles immer zu perfekt haben?

Folgen wir immer nur den anderen?

Unsere Suche ging fast über 10 Jahre! Dafür wurde mein Einsatz im Beruf in dieser Zeit immer höher. Ich hatte eine neue, sehr anspruchsvolle Aufgabe gefunden, die meinen ganzen Einsatz forderte. In dieser Zeit versuchte ich den Grundstock zu legen, damit wir unserem Ziel näher kamen.

Aber Erfolge wecken Begehrlichkeiten.

Neue, schwierige Aufgaben sollten übernommen werden. Sollte man auch hier Erfolge haben, dann würde auch das Salär steigen! Damit kam man in eine Dimension hinein, wo man die Chance hatte, weiter nach oben zu kommen. Sich abzusetzen von seinen Kollegen. Zu zeigen, schaut her, ich bin erfolgreich!

Aber was bedeutet das für einen selbst?

Mehr Einsatz, mehr Verantwortung, mehr Druck von oben, den man jetzt nach unten weitergeben musste.

Ein gefährlicher Balanceakt, auf dem man sich einließ. In der ersten Euphorie merkte man nicht, wie sehr man unter einen Druck geriet, wie sehr die Anforderungen in die Höhe geschraubt wurden. Solange der Erfolg da ist, fragt keiner nach dem Wie und Warum.

Sobald aber der Erfolg nachlässt, werden die Fragen zahlreicher und man muss sich erklären.

Sollte man da kein dickes Fell haben, kein Selbstvertrauen in die eigene Leistung, dann wird das Jagen nach Aufträgen zum Stress. Dann ist man zum Erfolg verdammt. Wenn man verzweifelt nach Aufträgen jagen muss, dann kommt die Unsicherheit hinzu.

Das Selbstvertrauen schwindet!

Gibt es dann vielleicht noch einen weiteren Niederschlag, weil man einen bestimmten Auftrag nicht bekommen hat, dann bricht fast eine Welt zusammen.

Man zweifelt an seinen eigenen Fähigkeiten. Um dies zu kompensieren, arbeitet man noch mehr. Erhöht den Einsatz um ein vielfaches. Klammert sich an jeden noch so wagen Strohhalm. Eine gewisse Zeit kann man das ja machen, aber irgendwann streikt der Körper. Er gerät unter Stress. Erholungsphasen kennt er nicht mehr. Man verkrampft immer mehr. Schnell macht man Fehler, die einem nicht verziehen werden. Aus diesem Teufelskreis kommt man dann nicht mehr heraus.

Ich kann mich an zahlreiche Kollegen erinnern, wenn wir bei unseren halbjährlichen Treffen zu einem Seminar zusammen kamen und sie gefragt wurden, welche Aufträge sie denn noch zu erwarten haben.

Da wurde manchmal jeder noch so kleine Strohhalm genannt, nur um nicht mit bloßen Händen dazustehen. So schraubten sie unwillkürlich die Erwartungen nach oben!

Die Geschäftsetage nahm dies sehr vergnügt zu Kenntnis und sagte sich:

"Da ist ja noch jede Menge Potential vorhanden!"

Ich hielt mich hier jedes Mal zurück. Über noch nicht gelegte Eier ist es müßig zu erzählen und sie als gelegt zu betrachten. Ende des Jahres zeigte sich dann, wer was an Aufträgen herein geholt hatte.

Wie viele Seifenblasen sind da geplatzt?

Als ich dann unter der Geschäftsleitung meinem Tageswerk nachging, wurde ich oft gefragt, ob wir denn die Jahresplan-Zahlen erreichen werden?

In der Frage hieß es wir, gemeint war aber ob ich die Zahlen mit meinem Verkaufsteam erreichen werde.

Dabei ging es den Oberen hier nur um die Frage, wann und wie die Zahlen erreicht werden, dann bekommen wir eine höhere Prämie und mein Karibikurlaub ist dann gesichert.

Ich versuchte immer die Erwartungen herunter zu drücken und sagte: "Es sieht nicht schlecht aus, aber wir sollten warten, wie es zum Ende des Jahres aussehen wird."

Solange wollten die Herren der Geschäftsleitung nur ungern warten. Dabei war es meist schon im Herbst eines Geschäftsjahres klar, dass das neue Ziel wieder 12% höher liegen wird. Ob die Vorsetzungen dafür da waren, dass interessierte keinen. Durch diese maßlosen Anforderungen wurden alle unter Druck gesetzt. Stress, Hektik, Kampf gegeneinander brach aus und das war für die Erfüllungen der hohen Ziele auf Dauer nicht gerade von Vorteil.

Eher erreichte man das Gegenteil.

Wenn sich dann noch einige Abteilungen gegenseitig das Leben schwer machen, dann ist der Verfall eingeleitet. So sind zahlreiche Firmen in den Abgrund gerutscht, ohne es zu merken, dass sie von innen lahm gelegt worden sind. Manchmal aus reiner Eitelkeit und Unfähigkeit.

So versucht man den hohen Erwartungen gerecht zu werden und steigert unwillkürlich seine Leistung.

Geht es gut, wird man hofiert, geht es schlecht, wird man entlassen.

Es regieren nur die nackten Zahlen, alles andere...?

Dabei könnte es auch viel zwangloser verlaufen, wenn man erkennen würde, dass man im Team viel mehr erreichen kann, wenn alle als gleichberechtigte Mitarbeiter zählen würden.

Aber gerade in Krisenzeiten baut man strikte Bereiche auf, um später sagen zu können:

"Wir haben alles getan, um die Erwartungen zu erfüllen, aber die anderen haben einfach zu wenig Einsatz gezeigt."

Damit wird der schwarze Peter
weitergereicht, bis zum Ende, wo
der kleine Mitarbeiter steht, der
dann gehen kann, aus
wirtschaftlichen Gründen, wie es
dann so schön heißt...!
Dabei war er es, der versucht hat,
aus allem das Beste zu machen.

Manchmal kam man sich vor, wie
ein Fels in der Brandung oder als
wenn als Einzelkämpfer auf einem
Schlachtfeld steht.

Für viele Manager gab es ja nur eins, wenn es mal nicht lief, Leute zu entlassen.

Manch einer hat noch nicht mal gemerkt, dass er dabei die Betriebsstätte gerade stilllegte, die für das tägliche Brot des Betriebes sorgte. Denn er würde sich bestimmt nicht an die Drehbank stellen, um das Produkt des Betriebes herzustellen.
Aber er lebte weiter in seinem Wolken- Kuckucks- Heim.

Aber diese Herren fielen leider immer wieder in weichen Tüchern, die andere ihnen hilfreich aufspannten. Er war ja der Manager von…. !!!

Der Stress entsteht nicht nur durch hohe Anforderungen, sondern auch durch Unruhe im Betrieb, schwere wirtschaftliche Lage, Kurzarbeit, Unsicherheit ob der Betrieb überleben kann.

Auch diese Faktoren können Stress mit sich bringen. Alleine die Sorge, was wird aus meinem Job, meinem Arbeitsplatz, kann eine hohe Unsicherheit auslösen.

Fragen tauchen dann vor einem auf:

Kann ich dann noch mein Häuschen abbezahlen, oder die Miete zahlen?

Was wird aus mir und meiner Familie?

Finde ich nochmals eine Stelle, wenn ich jetzt arbeitslos werde?

Bin ich noch jung genug, um eine neue Aufgabe zu finden?

Oder doch schon zu alt für die Arbeitswelt?

Viele Fragen, die im Raum stehen und von keiner Seite beantwortet werden.

Was soll man tun?

Man versucht seine Leistung zu steigern, will zeigen, schaut her, ich bringe diese Leistung! Denn im Hinterkopf hat man ja noch das Bild:

Die Schlechten gehen zuerst!

Aber dieses Bild stimmt nicht mehr. Schon lange nicht mehr! Man macht sich heute keine Mühe mehr zu sondieren.

Nein, es ist einfacher hinter 1000 Stellen einen Strich zu machen, als zu schauen, welches Schicksal hinter jeden einzelnen Namen steht.

Für die Oberen zählt nur eins: Die Dividende!

Jedoch gibt es auf der anderen Seite auch einen positiven Stress.

Wenn es läuft und man nicht alle Anfragen bearbeiten kann. Dann hat man zwar viel Arbeit, aber man freut sich, dass die Aufträge fast wie von allein herein kommen.

In solchen Zeiten macht man gerne Überstunden, ist vielleicht selbst noch am Wochenende unterwegs, um Aufträge einzusammeln. Ja, es macht geradezu Spaß in solchen Zeiten zu arbeiten. Da kennt man keine Müdigkeit, da kennt man nur eins:

"Erfolge auf der ganzen Linie!"

Solche Zeiten habe ich oft auch erlebt.

Man schwebte wie auf einer Wolke, das Leben wurde leicht. Man war zwar viel auf Achse, aber man wusste auch wofür. Nämlich für sich selber!

Jedoch kenne ich auch die andere Seite:

Wenn man für jeden Auftrag endlose Anstrengungen unternehmen muss, bis er endlich unter Dach und Fach ist. Das Schlimmste dabei ist, wenn der Auftrag zeitlich geschoben wird. Dann kommt zu der Hoffnung noch die Unsicherheit hinzu.

All das nagt an das eigene Nervenkostüm. Dann kommt noch der Druck von oben hinzu, der eine ständige Rechenschaft fordert.

Wenn dann noch Unruhe in das Privatleben kommt, dann artet dies richtig aus.

Dann kämpft man an zwei Fronten. Man will es jedem Recht machen, aber das geht nur eine bestimmte Zeit gut, denn jede Seite schraubt ihre Anforderungen unwillkürlich immer höher.

Dann kommt man in den Bereich der Spirale hinein und verliert ganz langsam den Boden unter sich.

Man hat unweigerlich das Gefühl, dass alle Welt seine Ansprüche immer höher schrauben will und man einfach nur noch hinter her hechelt.

Die Frage ist nur: Wie lange halte ich noch durch?

Warum setzen wir uns so unter Druck?

Wenn ich mal wieder zurück schaue, dann war es bei uns der Gedanke:
In den letzten Jahren hast du sehr gut verdient, hast jetzt wieder eine tolle Aufgabe, die gut honoriert ist, die Kinder sind jetzt in einem Alter, wo sie in der Schule sind und ich jetzt wieder die Möglichkeit habe, in meinem alten Beruf halbtags zu arbeiten.

Jetzt sollten doch die Möglichkeiten gegeben sein, uns nach einem eigenen Heim umzusehen. Denn wenn ich jetzt sehe, was wir an Miete und Nebenkosten zahlen, da müsste es doch möglich sein, dieses Geld in etwas Eigenes zu stecken.

Außerdem haben alle Freunde von uns jetzt ebenfalls ihr eigenes Haus.

Da sollten oder wollen wir doch nicht zurückstehen!

Also lass uns etwas suchen, was zu uns passt.
Dabei hatten wir schon Jahre zuvor begonnen, uns nach einem eigenen Haus umzuschauen.
Um es damals zu finanzieren, musste man schon weit auf`s Land ziehen, wo die Kaufpreise noch recht human waren. Aber dort wollte meine Frau auf keinen Fall hin.

Sie wollte lieber in der Nähe ihrer Eltern bleiben. In der Stadt! In ihrem Stadtteil! Dort wo sie aufgewachsen war und sie sich heimisch fühlte!

Aber dort waren die Häuser nicht bezahlbar, wenn sie gut gepflegt waren und dennoch schon etliche Jahre auf dem Buckel hatten.

Alte, stark renovierungsbedürftige Häuser konnte man noch relativ günstig bekommen, aber man musste auch noch eine sehr hohe Summe investieren, um sie wieder bewohnbar zu machen.

So fingen wir nach Jahren wieder an, uns auf die Suche zu machen.

Es war eine schwierige Suche. Über zwei Jahre haben wir nach dem passenden Haus gesucht.

In der Zwischenzeit wurde eisern gespart. Der Urlaub wurde gestrichen. Ich arbeitete durch. Jeder Pfennig wurde mehr als einmal umgedreht.

Beruflich war ich gerade auf einem Höhenflug.

Dann hatten wir unser Haus endlich gefunden!

Die äußeren Umstände waren in Ordnung, wir hatten eine Toplage und ein Haus gefunden, in dem wir nicht mehr viel machen mussten. Und das Schönste war, es passte genau zu unserem Wohnstil!

Einfach perfekt!

Die Kinder konnten auf ihren Schulen bleiben, was ja auch ein großer Vorteil war.

Jetzt wohnten wir im Grünen!

Wir haben es auch geschafft und konnten nun auch im Grünen wohnen!

Das einzige was noch gemacht werden musste, dass waren die Wände zu streichen. Nachdem wir den Vertrag geschlossen hatten, bekam ich die Schlüssel und konnte zwei Monate vor dem Umzug mit den Malerarbeiten anfangen.

Jeden Abend und am Wochenende strich ich jetzt die Wände. Angefangen im Keller bis zum Dachgeschoss.

Trotz allem beruflichen Einsatz, machte es mir nichts aus, nach meiner Tour, noch ins zukünftige Haus zu fahren, um dort bis Mitternacht den Pinsel zu schwingen. Für mich war dies, so unglaublich es sich anhört, Erholung vom beruflichen Stress. Hier konnte ich mich entspannen. Es war eine verrückte Zeit.

Man freute sich über das eigene Heim. Stolz kam auf!

Wieder hatten wir unsere Freunde übertrumpfen können. Wer hatte von denen einen tollen Kamin, oder gar einen Wintergarten? Wer lebte auf einer so grünen Oase?

Keiner von denen!

Nachdem alle erfahren hatten, dass wir uns ein Haus gekauft hätten, wurde die Neugier immer größer.

Zu unserem Glück machten wir den Umzug über den Rhein ins neue Domizil ganz alleine.

Das war zwar anstrengend, aber wir nahmen uns dafür fünf Tage Zeit und hatten alle Zeit der Welt, unsere Möbel aufzubauen, uns einzurichten und klopften bereits am fünften Tag abends den letzten Nagel in die Wand, um unserer letztes Bild aufzuhängen. Die Umzugskartons waren alle leer und wir waren fertig.

Einige Freunde von damals, lebten auch zwei, drei Jahre nach ihrem Umzug, noch aus ihren Umzugskartons. Sie waren immer noch nicht fertig!

Dann der Tag der Präsentation. Können wir die Erwartungen erfüllen? Die von den anderen gesetzt wurden, aber auch von uns.

Die Anerkennung fiel sehr, sehr gut aus. Uns ist es wieder mal gelungen, sich abzusetzen von den anderen. So kamen wir zwar später zu unserem Heim, dafür aber gewaltig.
In dieser Zeit lief es einfach und man spürte keine Überforderung.
Privat waren alle zufrieden, Frau und Kinder, beruflich lief es ebenfalls super. Was wollte man mehr? Trotzdem machte man sich Gedanken, für die Zeit, in dem es mal nicht so gut laufen könnte.

Was würde man dann machen?

Hatte man dafür vorgesorgt?

Eigentlich brauchte man sich keine Sorgen machen. Man war sehr gut aufgestellt und konnte sich eigentlich in seinem Sessel zurücklehnen.
Aber aus der Erfahrung wusste ich, dass sich diese gute Lage jederzeit verändern konnte. Daher versuchte man diese gute Zeit zu nutzen, arbeitete etwas mehr als die anderen. So konnte man Rücklagen bilden für schlechtere Tage. Die Familie war ja gut versorgt!
Obwohl man jetzt alles erreicht hatte, standen neue Begehrlichkeiten auf dem Plan. Man wollte endlich mal wieder in Urlaub fahren.
Nicht um die Ecke, nein, so richtig weit weg. Das neue Heim im Grünen reichte plötzlich nicht mehr aus! Die anderen hatten sich neue Autos zugelegt.

Davon hätte man gern auch eins! Sollte das nie mehr aufhören, dass man immer wieder neue Statussymbole brauchte, um sich von anderen abzusetzen? Man muss auch mal mit dem zufrieden sein, was man hatte? Oder? Was blieb einem übrig, als noch mehr zu arbeiten, um die Wünsche seiner Lieben zu erfüllen.
Jetzt fing man an, nicht mehr zu Leben.
Aber wie das meist so ist, die Zeiten ändern sich manchmal sehr schnell.

Plötzlich wurde das Unternehmen, wo für man arbeitete, verkauft. Neue Forderungen wurden gestellt. Nach dem Motto - entweder oder! Dabei war man schon fast in einem Alter, wo man auf dem Arbeitsmarkt schon fast zum alten Eisen gehörte.

Sollte man noch einmal einen neuen Start irgendwo anders wagen?

Kann ich das?

Kann ich eine Unsicherheit in meine Familie hinein bringen?

Eigentlich war ich nie ängstlich, etwas Neues zu beginnen. Aber in diesen Zeiten fing man schon an, darüber nachzudenken, was wird?

Was wird kommen?

Wann stehst du auf der Straße?

Wohin soll dein Weg führen?

Welche Entscheidung sollst du treffen?

Vielleicht bis zum bitteren Ende dableiben und abwarten was dann geschieht?

Oder jetzt eine Änderung herbeiführen mit einem unsicheren Ausgang?
Im Nachgang wusste ich, dass ich mich richtig entschieden hatte. Damals war ich sehr unsicher.

Ich machte mir viele Gedanken, vielleicht schon zu viele Gedanken. Das Arbeiten in der Firma wurde immer schwieriger.

Die Geschäftsführer gaben sich die Klinke in der Hand. So unterschiedlich waren auch ihre Vorstellungen. Mal ging es links herum, mal nach rechts! Und zum Schluss wusste keiner mehr, was er tun sollte.
Das sich dies auch nach draußen in die Kundschaft bemerkbar machte, wurden diese unsicher und sahen sich nach anderen Einkaufsmöglichkeiten um.

Man musste in dieser Zeit eine starke Überzeugungskraft aufbringen.

Dann bekam ich plötzlich eine ganz neue Aufgabe.

Ich sollte den Norddeutschen Raum bereisen.

Neue Kunden finden, beraten, Inspektionen durchführen und die zu sanierenden Flächen bemaßen, ferner die Kalkulation vorbereiten und die Geschäftsleitung wollte sich dann um den Auftrag bemühen.

Schön und gut soweit. Ein ganzes Jahr war ich im Norden unterwegs, sammelte Anfragen, machte Angebote und war wochenlang von zu Hause weg. Während ich mich abrackerte, machte sich die Geschäftsleitung einen schönen Lenz.

Sie taten einfach nichts!

Machten lieber schöne Reisen. Aller Einsatz von mir verpuffte im Niemandsland. Nachdem ich dies erfahren hatte, wurde ich zum ersten Mal so richtig wütend.

Zum ersten Mal spürte ich, dass ich langsam am Ende meiner Kräfte angelangt war.

Diese ständigen Änderungen, immer wieder neue Aufgaben und keine davon konnte man zu Ende machen, da schon wieder ein Wechsel anstand.
Als man dann noch versuchte, mir zustehende Provisionen zu unterschlagen, da platzte mir endgültig der Kragen.

In einer jener Nächte bekam ich einen Hörsturz.

Dies war ein erstes Warnzeichen!

Nach einer längeren Pause und meiner fristlosen Kündigung, klagte ich die mir noch zustehende Provision ein. Nur mit dem unbedingten Willen dies durchzuziehen und zu zeigen, dass man eine andere Behandlung verdient hat, ging ich den Weg über das Gericht.

Ich gewann haushoch!

Aber diese ganze Aufregung, der Ausstieg aus dem Arbeitsverhältnis nagten doch sehr stark an meinen Nerven.

Wie sollte es nun weitergehen?

Das wusste ich selber auch nicht. Also schrieb ich fleißig Bewerbungen. Ich nahm alle Branchen ins Visier. In dieser Zeit war ich viel unterwegs, um Bewerbungsgespräche in ganz Deutschland zu führen.

Das Rechte hatte ich noch nicht gefunden. Da ich ja selbst gekündigt hatte, bekam ich ja auch kein Geld vom Arbeitsamt. Dies war mir aber egal.

So parkte ich mich bei einer Firma, die ein Produkt für das Haus über den Baumarkt vertrieb. Den Bereich kannte ich sehr gut und so fing ich hier erst einmal an, damit es finanziell weiter gehen konnte.

Zwei Monate später bekam ich meine neue Chance in der Fensterbranche. Keine vier Wochen später war ich in meinem neuen Verkaufsgebiet unterwegs.

Ich hatte zwar ein tolles Produkt, aber es war auch erheblich teurer als die Konkurrenz. Trotzdem konnte ich sehr gute Verkaufserfolge erzielen. Jedoch wurde der Wettbewerb immer schwieriger, aber die Erfolge blieben dennoch nicht aus. Nur meine Arbeitszeiten wurden immer länger.

Jetzt war man auch schon am Wochenende unterwegs. Auf Hausmessen meiner Kunden oder den großen Messen in der Branche.

Sieben Tage in der Woche unterwegs zu sein, ist schon sehr anstrengend.
Man hielt einfach durch. Auf der einen Seite hatte man den Erfolg, auf der anderen Seite konnte man die Wünsche der Familie erfüllen. Nur ich blieb mit meinen Wünschen irgendwo auf der Strecke liegen.

Die Kinder wurden selbstständiger, fuhren jetzt lieber mit der Jugendgruppe in Urlaub. Für uns blieben da nur ein paar Tage übrig, um mal um die Ecke zu fahren.

Alleine wollten wir die Kinder ja nicht lassen. Noch reichten diese kurzen Erholungsphasen, um neue Energien zu tanken.

Dann kamen die modernen Techniken ins Berufsleben, Handy und Tablet. Man war jetzt plötzlich überall erreichbar.

Selbst im Urlaub!

Das nervte!

Meinen Hörsturz hatte ich gut verarbeitet, allerdings musste ich jetzt dauerhaft Tabletten einnehmen. Manchmal, bei starken Anspannungen merkte ich, dass die Folgen noch nicht ganz ausgeräumt waren.

Obwohl ich immer wieder zu mir sagte, langsamer zu werden, konnte ich nur schwer abschalten.

Mein Gehirn war zu dieser Zeit immer aktiv.

Durch die neue Technik konnte es passieren, dass ich bei einem Spaziergang durch die Natur plötzlich zum Handy griff, um einen Kunden anzurufen, wegen der Vergabe eines Auftrages.

Damit war ich dann sehr oft zum richtigen Zeitpunkt am richtigen Ort.

So wurde das Leben noch schneller. Die Spirale begann sich immer schneller zu drehen. Manchmal kam ich mir vor, als wäre ich auf einer Reise durch das Weltall.

Ich war auf einer Datenautobahn unterwegs, die immer mehr Informationen produzierte.

Die mussten natürlich auch verteilt werden.

So gab es Tage, dass ich mehr mit dem Telefonieren verbrachte, als mit den Fahrten zu meinen Kunden. Für jede Kleinigkeit wurde man angerufen.

Man war ja jetzt immer erreichbar!

Zu jeder Tag - und Nachtzeit!

Ich hatte manchmal das Gefühl, dass sich jeder nur wichtig machen wollte. Seht her, ich telefoniere jetzt hier! Man musste lernen, Wichtiges von dem Unwichtigen zu trennen.

Was bewog mich, mich selber so unter einem Druck zu setzten?

Auf der einen Seite wollte man zeigen, dass man gut war, dass man Ziele erreichen konnte. Dabei wollte man natürlich auch punkten bei der Geschäftsleitung. Vielleicht konnte man noch weiter aufsteigen?
Auf der anderen Seite stand ganz vorne an - der Verdienst.

Machte man Umsatz, klingelte es in der Kasse. Das war die eigentliche Antriebsfeder.

Sie musste aber auch sein, da die Wünsche meiner Lieben immer höher wurden.

Wenn man dann, rein zufällig, mitbekommt, dass eine Klassenfahrt von ein paar Tagen 1500 Euro kosten soll, plus weiteres Zubehör, dann kann man nur ungläubig den Kopf schütteln.

Nur, um dem Ego einer Lehrerschaft zu schmeicheln!?

Und was war das Ende vom Lied?

Die Schüler gaben sich die Kante, weil sie keinen Bock hatten auf Skifahren in Österreich.

Jedoch musste das Geld aber auch erst einmal verdient werden.

So stand man auf der einen Seite unter einem ständigen Erfolgsdruck, der einen ganzen Einsatz verlangte und auf der anderen Seite, sollte man brav den Familienvater spielen, der unendlich viel Zeit haben sollte, um zusätzliche Aufgaben noch im Haus zu übernehmen, da sich die anderen Familienmitglieder überfordert fühlten auch nur eine noch so kleine Aufgabe zu übernehmen.

Als dies immer wieder einriss, stellte ich ein Ultimatum auf. Entweder wird im Haushalt mitgeholfen oder das monatliche Taschengeld wird gestrichen! Damit hatte ich dann zumindest für eine gewisse Zeit für Ruhe gesorgt.

Dennoch machten mich die Ansprüche meiner Familie sehr nachdenklich. Wo sollte das noch hinführen?

Ich bin doch keine Maschine, die nur zu funktionieren hat.

Auch ich hatte Bedürfnisse, die ich aber immer wieder im Interesse von anderen zurück stellte. Es war schon grotesk, dass man nur dann geliebt wurde, wenn Wünsche erfüllt werden!

Anforderungen

Manchmal hatte ich das Gefühl, dass ich ein Auto bin, bei dem man nur etwas auf `s Gas treten muss, um noch schneller zu fahren. Jeder stellte seine Wünsche in den Vordergrund, die Familie, die Freunde, die Firma. Ich hatte das Gefühl, dass es immer weiter nach oben mit den Anforderungen ging, ohne das man darüber nachdachte, dass hier auch ein Mensch stand, der dies alles erfüllen sollte, nur das jeder weitere, neue Wünsche stellen konnte, wenn man seinen alten Wunsch erfüllt hatte.

Mit der Zeit merkte ich, dass Etwas von mir auf der Strecke blieb.

Immer nur für andere da sein?

Muss man das?

Hat man nicht ein Recht darauf, selbst zu bestimmen, was man wollte?
Oder durften nur andere über einen bestimmen?

Wenn man mal nein sagen wollte, dann wurden die Blicke finster und es wurde mit an den Haaren herbei gezogenen Argumenten gedroht.

Dabei war es keinem klar, was man mit dieser Art von unter Druck setzend, erreichte. Oder nahm man ganz bewusst einen körperlichen Zusammenbruch in Kauf? Dieses Medium solange auszupressen, bis man es links liegen lassen konnte. Er hat dann halt ausgedient.
So kam es, dass man sich immer schneller drehen musste, um allen Anforderungen zu genügen. Aus der Familie kamen immer höhere Belastungen auf einem zu, um deren Ego bei ihren Freunden zu stärken. Um anerkannt zu werden?

Sie waren regelrechte Mitläufer einer verrückten Bewegung.

War ihr Ego so schwach, dass sie dort mitlaufen mussten?

Ich weiß es nicht. Ich hatte auch keine Zeit mehr, mich damit auseinander zu setzen.

Meine beruflichen Aufgaben wurden immer mehr. Außendienstler wurden aus Kostengründen vor die Tür gesetzt. Die Verkaufsleiter fingen an, die Verkaufsgebiete für jeden verbliebenen Mitarbeiter zu vergrößern. Das bedeutete für mich, noch mehr Einsatz. Die Mitarbeiter zu unterstützen, neue Märkte zu suchen, neue Produkte in den Markt zu installieren. Man selber stand wieder mehr auf irgendwelchen Messen, um für die Produkte zu werben und sie zu verkaufen.

Innerbetriebliche Veränderungen erschwerten die Arbeit immer mehr. Neue, unerfahrene Mitarbeiter machten mit der Zeit das Chaos immer perfekter.

Das hieß, dass man auch noch gleich einen Teil dieser Arbeit übernahm, damit unsere Kunden das Gefühl hatten, alles läuft in geordneten Bahnen.

So wurde wertvolle Zeit vergeudet!

Ich hatte in dieser Zeit oft das Gefühl, dass ich als Einzelkämpfer unterwegs war und versuchte zu retten, was noch zu retten war.
Da halfen bald auch keine Top-Aufträge, die man Land ziehen konnte, da man die Sorge haben musste, ob diese überhaupt noch abgewickelt werden konnten. Eine weitere Baustelle tat sich auf. Über zwei Jahre ging dies so.

Dann zeigte sich eine Entwicklung, die einem den Angstschweiß ins Gesicht treiben konnte. Bewährte Mitarbeiter und auch Führungskräfte wurden wieder dem Markt zugefügt, wie es so schön heißt.

Es war ein Sterben auf Zeit.
Immer weniger Leute mussten sich die Arbeit teilen, während die Geschäftsleitung, kalt wie immer, eine 10%ige Steigerung pro Geschäftsjahr forderte.
Bloß nach dem Wie bekam man keine Antwort. Punkt - aus! Arbeiten oder wir machen den Betrieb zu!

Was blieb uns übrig?

Wir konnten nur versuchen, mit den Mittel, die wir zu Verfügung hatten, das Beste für den Betrieb heraus zu holen.

Entweder – oder!

Dabei arbeiteten wir schon an der oberen Belastungsgrenze.

Eine 80 bis 90 Stundenwoche war normal. Jeder andere hätte hier gestreikt. Wir wollten unseren Betrieb, unsere Niederlassung nicht untergehen lassen, da ja auch unsere eigene Lebensschnur daran hing.

Und die kappen? Das konnte sich keiner leisten. Also nahmen wir den Kampf auf. So ging das drei weitere Jahre. Der Markt wurde schwerer, Kunden gingen in die Insolvenz, die Preise sackten ab.

Das Verkaufen wurde immer zeitintensiver, immer ein Kampf um den Preis, Qualität zählte nicht mehr.

Doch ab und zu gab es so genannte Highlights.

Aufträge mit Sonderausführungen zu sehr guten Preisen und damit auch einer sehr hohen Auftragssumme.

All diese Erfolge ließen uns weiter machen.

Aber wie ging es uns? Wir mussten uns jeden Tag zwingen, immer wieder auf`s neueste, in den Kampf zu gehen und versuchen, das Beste für den Betrieb herauszuholen. Mit welchem Einsatz mussten wir zu Werke gehen?

Wie lange konnte man das noch durchhalten?
Wie lange reichen die Kräfte noch?

Spürte nicht jeder, dass er langsam das Ende seiner Fahnenstange erreicht hatte? Manch einer warf irgendwann das Handtuch und verließ uns. Der Rest machte erst einmal weiter.

In dieser Zeit machten sich auch bei mir zahlreiche Erschöpfungszustände bemerkbar. Große Pausen gab es nicht mehr. Der Urlaub wurde auf ein paar Tage reduziert.

Wenn man mal etwas Zeit erübrigen konnte, dann mussten zwei Stunden in der Sauna reichen, um seine Akkus wieder aufzuladen!

Die Fahrt auf der Autobahn wurde immer schneller. Noch konnte man mithalten, aber man spürte auch, dass einem so langsam aber sicher die Puste ausging.

Bloß was und wie sollte man daran etwas ändern?

In der Familie machte jeder sich auf, seine eigenen Wege zu gehen.
Solange alles auf dem Tisch stand, war es denen egal, was derjenige dafür alles tun musste, der dies alles bezahlte.
Man kam sich regelrecht benutzt vor. Man hatte schon keine Kraft mehr, hier einen Riegel vorzuschieben? Oder wollte man vermeiden, sich noch auf einer weiteren Baustelle zu bekriegen? Sollte man dies lieber alles so laufen lassen?
Manchmal war ich unsicher, ob es nicht besser wäre, mit der Faust auf dem Tisch zu hauen und alle wieder auf dem Boden der Tatsachen zurück zu holen?
Jedoch wurde meine ganze Kraft an anderer Stelle gebraucht, die auch dies noch alles finanzieren musste. Ich ließ sie in dieser Zeit einfach laufen.

Nur um auf der einen Seite Ruhe zu haben.

Vielleicht war es ein Fehler?

Ich weiß es nicht?

Neue zusätzliche Aufgaben

Da man die natürliche Entwicklung hinnahm und Mitarbeiter sich aus dem Prozess des Arbeitslebens verabschiedeten, wurden diese Stellen aus Kostengründen nicht mehr ersetzt. So sparte man zwar Kosten ein, aber die verbliebenen Mitarbeiten bekamen dadurch zwangsläufig neue Aufgaben. Also wurde wieder eine weitere Last aufgelegt, mit den Worten:

"Wenn du hier noch arbeiten willst, dann… !"

So war es dann nur noch eine Frage der Zeit, wo der ein oder andere seinen Weg in die Krankheit suchen musste, um nicht ganz unterzugehen. Damit arbeiteten viele, um es mal aus dem Autoleben zu vergleichen, nicht mehr als Reifen, sondern mehr als verglühende Felge.

Besonders die, die Verantwortung übernommen hatten, wurden regelrecht verheizt.

Und über alles stand immer die Drohung: "Denke an deinem Arbeitsplatz - wenn er dir lieb ist." Aber wer wollte schon seinen Arbeitsplatz verlieren? Man hatte sich etwas aufgebaut und sollte dies nun wieder in Frage stellen?

Dann kam ein weiteres Problem hinzu.

Auf der einen Seite sollte man nun bis 67 oder gar bis 70 Jahre arbeiten, auf der anderen Seite, gehörte man mit 45 Jahren schon zum alten Eisen.

Ich habe es selber erlebt, dass auf meinen Bewerbungsunterlagen stand: "Sehr gut ausgebildet, erfahren, kompetent, erfolgreich - aber leider zu alt!" Und das mit 45 Jahren?

Da verstand man die Welt nicht mehr.

Mit 45 Jahren zu alt?

Dabei soll ich ja noch bis mindestens 67 arbeiten, dass wären noch 22 Arbeitsjahre. Insgesamt hätte ich mit 67 Jahren fast 50 Berufsjahre auf dem Buckel!

Wenn einer natürlich nach Studienfindungsphase mit 35 oder gar 38 Jahre erst ins Berufsleben einsteigt und mit 67 Jahren wieder heraus geht, dann stehen hier nur 32 bzw. nur 29 Jahre Berufsleben zu Buche. Kein Verhältnis zu fast 50 Jahren arbeiten im Beruf.
Leider merkt man immer wieder, wenn solche "Frischlinge" in einen Betrieb kommen und Aufgaben übernehmen, mit denen sie vollkommen überfordert sind.

Die fehlende Berufserfahrung wird zwar durch das theoretische Wissen kompensiert, aber die Praxis sieht meist ganz anders aus.

Ich musste, wenn ich bedingt durch die Veränderungen im Betrieb, neue, zusätzliche Aufgaben übertragen bekam, mich auch immer wieder neu Aufstellen oder organisieren.

Für mich stellte sich dies jedes Mal als eine große Herausforderung dar. Hatte man gerade einen Weg gefunden, es allen gerecht zu machen, wurde dieser eben durch diese neuen, zusätzlichen Aufgaben wieder verschüttet. So begann man wieder von neuem die Aufgaben nach Wichtigkeit zu sortieren und einen Ablauf zu schaffen, der wieder allen gerecht wurde.

Aber wer fragte in dieser Situation mal nach mir?

Keiner!

Du warst dazu verdammt, es allen gerecht zu machen.

Wie?

Das war egal!

Manchmal konnte man regelrecht verzweifeln, denn auch das eigene Zeitfenster wurde immer größer.

Werde ich den Anforderungen gerecht?

Diese Frage stellte ich mir oft, wenn ich mal fünf Minuten Zeit hatte, in mich versunken war, dann dachte ich oft daran, warum machst du dieses Spiel noch mit? Gut, auf der einen Seite brauchst du das Geld, um deine Verbindlichkeiten für dein Haus zu begleichen. Dann wollen du und deine Familie ja auch noch etwas leben.

Was wäre, wenn ich meinen Job aufgeben und nur noch einen kleinen, unbedeutenden Bürojob machen würde?

Eine 38 Stunden Woche hätte?

Und nur noch ¼ von dem was ich jetzt bekomme, in der Lohntüte hätte? Könnte ich meinen Lebensstandard überhaupt noch halten? Gut, ich hätte vielleicht mehr Freizeit? Oder müsste ich mir einen Zweitjob suchen, um überhaupt über die Runden zu kommen?

Fragen, die man nicht sofort beantworten kann, sondern sehr genau überlegen muss, ob die Rechnung aufgeht? Wäre dies auch im Sinne der Familie? Ich habe es mal eher beiläufig angebracht, als das Thema:

"Wann bis du schon mal zu Hause." wieder auf dem Tisch kam.

Als ich dann die Lage mal ganz einfach und plastisch darlegte und dann von allen einen entsprechenden Beitrag einforderte, hieß es ganz schnell:

"Du willst uns doch nicht ans Hungertuch bringen?"

Damit war klar: "Arbeite man du in deinen verantwortungsvollen Job und verdiene das Geld, damit wir Leben können!"
Oft fragte ich mich selber, werde ich allen Anforderungen gerecht? Und wie lange geht das noch gut? Wie lange hältst du selber dieses Tempo noch durch?

Schaffst du es, dir kleine Freiräume zu schaffen, um einmal, auch wenn es nur wenige Minuten sind, durchzuatmen?

Schaffst du es, deine Lockerheit zu behalten und nicht zu verkrampfen?

Schaffst du es, die Leistungsvorgaben zu erreichen, die man dir stellt?

Hast du das Glück, zum rechten Zeitpunkt, am richtigen Ort zu sein?

Kannst du deine Kunden überzeugen, dass du ihnen das beste Angebot unterbreitet hast?

Oder wirst du immer deinem Ziel hinterherlaufen? Gut, ein bisschen Glück gehört auch dazu. Aber zählt das?

Nein, nur knallharte Fakten sind entscheidend. Wie sie zustande kommen, das interessiert keinen mehr.
Auch wenn man in einem Verkaufsgebiet eine so genannte "verbrannte Erde" zurück ließ, dann sagten die Zahlen zunächst etwas anders aus. Das Erwachen kommt später.

Ein kleines Beispiel:

In den 80ziger Jahren hatte ich eine Aufgabe übernommen, ein total herunter gekommenes Verkaufsgebiet wieder zum Leben zu erwecken.

Man hielt mir die TOP-Verkaufszahlen meines Vorgängers unter die Nase. Da wollte man gerne wieder hinkommen. Gründe nannte und kannte man nicht, warum ein solcher Absturz innerhalb eines Jahres möglich war. Nach zwei Wochen auf Reisen in meinem neuen Verkaufsgebiet stieß ich auf den Grund.
Da hatte mein Vorgänger Geschäfte auf Kosten seiner Kunden gemacht. Wenn ein Kunde 100 m einer bestimmten Schlauchware brauchte, so bekam er 10.000 m geliefert, gemäß dem Auftragsformular, dass der Kunde unwissentlich unterschrieben hatte.

Der Vorgänger ging einfach her und änderte die Menge. Also ein ganz fieser Betrug am Kunden!

In der Firma wurde er gefeiert. War er doch der Top-Eins-Verkäufer. Bloß die Kunden waren mehr als verärgert. Bei einem Kunden, wo ich ebenfalls hinkam, schilderte er mir seine Erfahrungen mit diesem Verkäufer.

"Kommen sie mal mit, ich will ihnen mal etwas zeigen" und wir gingen in seinem Garten.

Dort standen unter einem Baum fünf volle Container mit verschiedenen Schlauchwaren meiner jetzigen Firma.

Damit komme ich bis zu meinem Lebensende aus.

Ich brauche keine Ware mehr!

„Wie ist es denn dazu gekommen," fragte ich ganz erstaunt?

Nun, ich habe meine normalen Mengen, in der Regel zwischen 100 und 150 m pro Art bestellt. Er machte die Bestellung fertig und wir sprachen noch über ein neues Produkt, das in Bälde herauskommen sollte.

Dabei trug er noch meine Firmendaten ein. Da ich zu einem Termin musste, stand ich etwas unter einem Zeitdruck und trieb ihn zur Eile an. Er machte die Bestellung fertig, ich unterschrieb, er trug noch meine Kundennummer ein und dann faltete er die Bestellung zusammen. Die Kopie legte ich in mein Bestellkörbchen. Als dann die Container wenige Tage später kamen, fiel ich aus allen Wolken.

Ich suchte die Bestellung heraus und ich hätte fast einen Herz - Infarkt bekommen, als ich die Bestelldaten sah.

Da hatte dieser Verkäufer an meine Bestellmengen, einfach ein paar Nullen mehr dran gehängt.

Ihre jetzige, neue Firma stellte sich hinter den Verkäufer, mit dem Argument, ich hätte diese Bestellung, mit diesen Mengen, unterschrieben. Basta!
Hätte ich trotz meiner Eile doch noch einen Blick auf das Bestellformular geworfen, dann wäre mir dies erspart geblieben.
So bin ich bedient und die Firma ist für mich, für alle Zeiten, gestorben!

Für alle Zeiten!

So war dies auch hier!

Wie die Verkaufserfolge zustande kamen, dies interessierte keinen in der Geschäftsleitung.
Denn dann müssten sie ja Abstriche an ihre "Erfolge" machen.

Und wer will das schon!

Wie heißt es doch so schön:

"Ist der Ruf einmal lädiert, dann genießt es sich ganz ungeniert."

Da keiner bereit war, zu erkennen, dass ihr damaliger "TOP - VERKÄUFER" erstens eine Niete war, zweitens eine derart verbrannte Erde hinterlassen hatte, wo man Jahre brauchte, um wieder Vertrauen aufzubauen. Ein Jahr blieb ich dort noch und mit vielen Mühen und einem enormen Einsatz schaffte ich es, dieses Gebiet wieder auf Vordermann zu bringen. Dann wurde es aber auch Zeit für eine neue Aufgabe.

Jedoch hatte ich immer das Pech oder das Glück an neue Aufgaben heran zu kommen, die interessant und lukrativ waren, jedoch immer mit einem Mangel behaftet waren. Entweder verbrannte Erde oder Gebiete, die nie richtig bearbeitet worden sind.

Dies waren aber wieder jene Aufgaben, die mich reizten, hier wieder etwas Neues aufzubauen.

Manchmal musste ich mir auch selbst die Frage stellen, willst du dies eigentlich immer machen?
Immer für andere die Kohlen aus dem Feuer holen?

Hohen Einsatz zu zeigen, hohe Ziele zu erreichen und dabei auch noch gut zu verdienen?
Dabei war mir klar, dass die Anforderungen immer höher werden, wenn andere sehen, dass sich das Gebiet oder die Aufgabe positiv entwickelt.

Es freut aber einem auch selber, wenn man sieht, dass die eigene Arbeit Früchte trägt und man den Erfolg honoriert bekommt. Dann gibt es keine Grenzen mehr. Man wird getragen von der Welle des Erfolges und setzt seine Ziele auch selber immer höher.

Aber wie lange kann so etwas gut gehen? Gibt es nicht Phasen, wo man von äußeren Einflüssen abhängig ist?

Da kann auch ein hoher Einsatz kaum einen Ausgleich erzielen. Will man dies einfach nicht sehen?

Sicher ist es einfacher, die Leute unter Druck zu setzten, ihnen mit dem Verlust des Arbeitsplatzes zu drohen, um eine scheinbar höhere Leistung herauszuholen. Meist geht dies jedoch in die verkehrte Richtung los.

Die Leute werden unsicher, machen mehr Fehler, zögern und die Chance ist dahin. Am Ende steht eine negative Zahl, die keine Seite haben wollte.

Gerade in diesen Zelten sind Unterstützungen jeder Art ganz wichtig, dies stärkt den Team-Gedanken ganz gewaltig.

Damit lassen sich auch in schlechten Zeiten Erfolge erzielen.

Dies habe ich immer befolgt und konnte auch so in schlechten Zeiten sehr gute Verkaufserfolge erzielen.

Viel wichtiger war es jedoch, dass wir als Team auftraten, gemeinsam uns um Aufträge bemühten, dabei aber auch die unterschiedlichen Begabungen der Teammitglieder sahen und sie entsprechend zweckmäßig einsetzten.

Aber wenn dann einer nach dem anderen aus diesem Team aus Kostengründen verschwindet, dann sind schnell Grenzen erreicht, die man nicht mehr weiter ausbauen kann. Denn der Tag hat auch nur 24 Stunden.

Wie geht es weiter…?

Eine Frage, die ich mir damals auch stellte. Willst du den Stress weiter machen, oder lieber noch einmal neu anfangen?

Damals hatte ich mir die Situation in meinem großen Verkaufsgebiet angeschaut und kam zu der Auffassung, dass dieses Gebiet doch recht gut aufgestellt ist.

Einen großen Kundenstamm besaß, der für recht gute Umsätze sorgte und noch weiter ausbaufähig war. Mit einigen Firmen konnte man auch Objekte, die über Architekten kamen, sehr gut abwickeln. Eigentlich war alles sehr gut aufgestellt.
Dann wechselte mal wieder die Geschäftsführung und alles wurde auf dem Kopf gestellt. Neue, absurde Gedankenspiele kamen auf. Hier waren reine Zahlenjongleure am Werk. Wo konnte man noch etwas einsparen?

Wo gab es noch mehr Einsparpotenzial?

Menschen spielten keine Rolle mehr. So kam man zu dem fatalen Schluss, alle Kunden, die nur ein geringes Steigerungspotenzial besaßen, abzustoßen.

Wenn diese Herren wüssten, wie schwierig es ist, einen Kunden zu gewinnen, ihn aufzubauen und ihn dann auch über Jahre bei der Stange zu halten, dann käme man nicht auf solche Gedanken.

Aber diese „Zahlenjunkies" kennen halt nur Zahlen.

Sie waren glatt der Meinung, alle so genannten "kleinen Kunden" hinauszuwerfen und nur die Großkunden zu behalten.

So blieben pro Verkaufsgebiet nur noch 5 - 6 Kunden übrig, anstelle von den üblichen 100 oder 150 Kunden.

Auf den Hinweis, dass gerade die so genannten "kleinen Kunden", erstens die besseren Zahler seien und zweitens, dass wir hier noch einen guten Verkaufspreis erzielen, der nicht jede Woche auf dem Prüfstand kommt, wurde als altmodisch abgetan.

Man war der Meinung, dass man die "Großkunden" viel besser halten könnte, ohne viel zu investieren, da sie ja schon alle Vorteile ausnutzen.

Auf den Einwand, dass wir gerade bei den "Großkunden" fast jede Woche um neue Preise feilschen müssen, da ja auch die Konkurrenz sich hier die Klinke in die Hand gibt, gab man zurück, dass man hier neue Abmachungen treffen müsste und ein paar "Bonbons" wie Verkaufsschulungen,
Architektentreffs denen hinwerfen müsste.

Dies würde schon völlig ausreichend sein!

Welch ein Trugschluss!

Dann kam die Reform!

An einem Tag im April 2003 wurden alle Verkaufsmitarbeiter, immerhin 36 Außendienstmitarbeiter und sechs Verkaufsleiter in eine unserer Niederlassungen berufen.
Da wurde uns die Reform nahe gebracht.

Die sechs Verkaufsleiter hatten je 6 Mitarbeiter und sechs Verkaufsgebiete.

Man nahm jetzt an, dass bei sechs Verkaufsgebieten ca. 30 bis 36 "Großkunden" übrig blieben und diese ungefähr 80% des jetzigen Gesamtumsatzes ausmachen würden.

Dies würde bedeuten: 36 Außendienstler würden sofort freigestellt und die 6 Verkaufsleiter übernehmen die Betreuung der Großkunden. Dies würde eine signifikante Einsparung bedeuten und man könnte sich auf wenige Kunden konzentrieren. Damit könnte man effektiver arbeiten und hätte Zeit, den einen oder anderen Großkunden weiter aufzubauen beziehungsweise neue Großkunden zu finden.

Was war die Folge?

36 Außendienstler wurden von heute auf morgen auf die Straße gesetzt. Dazu wurden zwei Verkaufsleiter ebenfalls freigesetzt.

Vier Innendienstmitarbeiter durften ebenfalls ihren Hut nehmen, sie wurden nicht mehr benötigt.
Auf die verbliebenen vier Verkaufsleiter wurden die Gebiete aufgeteilt.

Jeder hatte jetzt neun Verkaufsgebiete zu betreuen mit rund 50 Großkunden.

Man war jetzt mehr unterwegs im Auto, als bei seinen Kunden.

Wenn dann mal ein Großkunde Pleite ging, dann merkte man dies sofort in der Bilanz. Bei einem Kleinkunden fiel dies nicht so sehr ins Gewicht. Den konnte man aber relativ schnell ersetzen, aber einen Großkunden? Da musste man schon gewaltige Anstrengungen anstellen, um einen neuen Kunden für seinen Betrieb zu gewinnen. Und so viele Großkunden, wie Sand am Meer, gab es leider nicht.

Den restlichen vier Verkaufsleitern, die jetzt wieder normale Außendienstler waren, blieb vorerst nichts anders übrig, als gute Miene zum bösen Spiel zu machen. Was aber schlimmer war, dass alte, treue Kunden nicht mehr bedient wurden!

Immerhin haben sie über viele Jahre unsere Produkte erfolgreich auf dem Markt platziert und sich dadurch auch einen guten Ruf geschaffen. Und jetzt? Jetzt standen sie, genauso wie wir, ohne Lieferanten da und hatten Aufträge!

Ich hatte im meinem Gebiet sehr viele dieser treuen Kunden und suchte jetzt verzweifelt für sie nach einem Ausweg. Auf der einen Seite habe ich ihnen immer geholfen, um an Aufträge heranzukommen und wollte dies auch noch heute für sie tun.

Aber wie?

Meine Firma hatte diese Kunden, ohne eine Übergangszeit, die Gefolgschaft versagt und überließ sie jetzt dem Markt.

Da kam ich auf die glorreiche Idee, eine Einkaufsgesellschaft zu gründen.

Wenn es gelänge, zehn dieser alten, treuen Kunden für diese Einkaufsgesellschaft zu begeistern, dann hätte dies den Vorteil, dass sie

a) vom Volumen einem Großkunden gleich gestellt wären und

b) ich könnte für sie noch bessere Konditionen herausholen, was für sie bedeutet hätte – ein Mehr an Aufträgen.

Schnell bekam ich zwei neue Einkaufsgesellschaften zusammen, die den Status "Großkunde" bekommen hatten und ich hatte meinen kleinen Kunden, auch weiterhin die Möglichkeit verschafft, die bekannten Produkte aus unserem Haus zu vertreiben und das noch zu besseren Einkaufs- und Verkaufspreisen!

Mit der Gründung dieser beiden Einkaufsgesellschaften hatte ich das Glück, meine Zahlen im Gebiet stabil zu halten, während es in den anderen Gebieten zu dramatischen Einbrüchen kam, zum Beispiel durch Insolvenzen von Unternehmen. Diese Verluste konnten natürlich nicht in einer kurzen Zeit wieder aufgeholt werden.

Ein Kollege von mir hatte sogar das Pech, dass gleich drei seiner Top-Kunden in die Pleite rutschten und damit rauschten auch seine Verkaufszahlen in den Keller.

Dieser Kollege stand schon auf der Abschussliste, als die ersten Gerüchte über eine mögliche Pleite bekannt wurden.
Noch schaute ich mir dieses Schauspiel an. Bekam aber auch langsam Zweifel, ob die neue Führung weiß, was sie tat. Zu konfus waren ihre Vorstellungen.

In diesem Jahr 2003 arbeitete ich noch mehr, um meine Zahlen, trotz großer Schwierigkeiten auf dem Markt, weiter zu halten. Wieder hatte ich Glück, dass meine Einkaufsgesellschaften wuchsen und ich fast alle alten "Kleinkunden", wie man jetzt geringschätzig sagte, wieder unter einem Hut bekommen hatte. So hatte ich eine sehr stabile Basis, auf der ich aufbauen konnte.

Dann hatte ich über einen Kontakt die Chance erhalten, einen tollen Großauftrag zu ergattern. Mit einem meiner Kunden zusammen gelang es mir, diesen Auftrag an Land zu ziehen.
Damit konnte ich sogar ein utopisches Ziel meiner Geschäftsleitung erreichen.

Das war eine tolle Bilanz?

Aber mit welchem Einsatz war dies alles verbunden?

Immer auf Achse, immer auf irgendwelchen Messen, selbst am Wochenende keine Ruhe, wenn Kunden anriefen und ganz schnell mal so eben ein Angebot brauchten, weil ihr Endkunde jetzt bei ihnen saß und den Auftrag heute noch vergeben wollte.

Was sollte man tun?

Wenn einer mit Auftrag drohte, dann musste man auch den Deckel zu machen. Auch wenn es keiner von meiner Familie begreifen konnte, dies gehörte leider dazu, wenn man unter einem gnadenlosen Erfolgszwang steht.
Ende 2003 hatte ich Gefühl, langsam aber sicher meine Kräfte zu überschätzen.

Da war guter Rat teuer.

Eine Krankmeldung oder gar einen Zusammenbruch hätte für mich das Ende meiner Arbeit bedeutet.

Noch ging es.

Aber mit den ersten Tagen des neuen Jahres 2004 spürte ich innerlich, dass es bald Veränderungen geben wird.

Bloß welche tragischen Veränderungen dies waren, dass konnte ich damals, zu diesem Zeitpunkt, nicht wissen.

Plötzliche Geschehnisse

So machte ich erst einmal meine Arbeit weiter.

Dunkle Wolken zogen auf!

Dann erhielt ich ein Schreiben von der Geschäftsleitung, dass man die Verkaufsaktivitäten in Deutschland einstellen wird und somit keine Verkaufsmannschaft mehr benötigt wird. Ja, dass war ein Schlag ins Kontor. Da rackert man sich ab und bekommt als Dankeschön den Tritt in den berühmten Hintern.

So einfach ging das! Sechs Jahre lang hast du dich eingesetzt für den Laden und dann solch ein Abschied.

In meiner langen Laufbahn im Vertrieb wunderte mich aber nichts mehr. Wie oft schon habe ich Kollegen kommen und gehen sehen. Wie oft standen Firmen vor dem Abgrund und wussten es einmal selber nicht oder wurden verkauft, um ausgetrocknet zu werden. Mir konnte ich nichts vorwerfen, aber so zu enden? Das war auch nicht der feine Weg.

Als ich die Nachricht erhielt, war ich zuerst erstaunt, dann wütend und zum Schluss suchte ich mir sofort eine neue Aufgabe.

Trotz meines Alters fand ich wieder sehr schnell eine neue Stelle in der gleichen Branche. Mein neues Verkaufsgebiet war auch fast jenes, wie mein bisheriges Gebiet.

Am 31. Januar hörte ich auf und einen Tag später fing ich bei meiner neuen Firma an.

In der Zwischenzeit hatte ich erfahren, dass man neue Mitarbeiter eingestellt hatte, die für weniger Geld arbeiteten und jetzt unsere Gebiete bearbeiteten. Was für eine Frechheit und Gemeinheit.
Als ich dies erfuhr, platzte mir fast der Kragen. Nicht einen Tag später war ich beim Anwalt und klagte auf Zahlung einer Abfindung. So kann man mit mir nicht umgehen!

Dann war ich sofort in meinem neuen Gebiet unterwegs, um meine alten Kunden wieder an mich zu binden.
Innerhalb von nur vier Wochen holte ich über 100 Kunden zu meinem neuen Arbeitgeber.

Von meinen Kunden hörte ich allerhand über das Vorgehen meiner jetzt alten Firma.

Sie war in eine beträchtliche Schieflage gekommen mit ihren Aktionen und musste aufpassen, nicht ganz in einen Strudel einer Insolvenz zu geraten.

Meiner neuen Firma tat der Zuwachs sehr gut. Ihr ging es auch nicht so gut, wie es von der Geschäftsleitung zunächst dargestellt wurde. Sie war schon einmal vor drei Jahren in die Insolvenz gegangen und stand scheinbar schon wieder unter der Fuchtel eines Insolvenzverwalters.
War ich vom Regen in die Traufe gekommen? Das wäre nicht gut für mich. So versuchte ich erst einmal das Beste aus der Lage zu machen. Privat wurden die Spannungen zwischen meiner Frau und den Kindern immer stärker.

Ich konnte und wollte mich zu dieser Zeit auch nicht mehr einmischen.

Denn wenn ich mal zu Hause war, dann spielte ich den „Feuerwehrmann" und galt dann immer als Buhmann, als der, der nur mit Strenge regieren konnte. Ich musste aber irgendwo Grenzen setzen, damit nicht alles aus dem Ruder lief.

So war ich auf der einen Seite lieber der Buhmann und auf der anderen Seite kämpfte ich ums Überleben. Dies war mir in dieser Zeit wichtiger. Noch ging es weiter. Dabei machte meine Frau einen großen Fehler. Sie gab zu oft den Wünschen der lieben „Kleinen" nach! Während ich versuchte ein strenges Regiment aufzubauen, gab sie den Wünschen ihrer Kinder nach.

So entstand eine wirklich blöde Situation. Meine Frau wurde unter Druck gesetzt und ich, wenn ich dann mal zu Hause war, musste ich den Brand löschen.

Dabei kämpfte ich tagtäglich in meinem Gebiet um Aufträge und hatte wirklich keine Lust, mich mit irgendwelchen profanen Sachen zu Hause herum zu schlagen.

Auf der einen Seite waren meine Kinder jetzt groß genug, langsam zu erkennen, dass man nicht alles haben konnte ohne eine entsprechende Leistung zu bringen.

Noch konnte ich meine ganze Kraft einsetzen. Sollte ich mich mal erschöpft fühlen, dann reichten mir in dieser Zeit ein bis zwei Stunden Abschaltung aus, um mich zu wieder in die Spur zu bringen. Aber mit der Zeit wurden diese Abstände immer kürzer.
Den Sommerurlaub verschob ich erst einmal, da die wirtschaftliche Situation der Firma immer schlimmer wurde. Hier kämpfte man über das nackte Überleben.

Trotz manch gutem Auftrag, den man für die Firma herein holte, führte der Weg in die erneute Insolvenz.

Anfang September war dann endgültig Schluss.

Viele Höhepunkte hatte das Jahr 2004 für mich bisher nicht gehabt. Aber dies war noch nicht das Ende.

Ja, einen kleinen Höhepunkt gab es aber doch. Das war die Kurzreise an die Mosel, wo wir, meine Frau und ich, ganz alleine unseren 25. Hochzeitstag begingen. Endlich hatten wir mal für uns ganz alleine Zeit.
Dies war in den letzten Jahren selten genug gewesen. Wir hatten ein traumhaft schönes Wetter und nutzen dies zu ausgedehnten Radtouren. Leider gingen diese Tage viel zu schnell Ende. Der Alltag hatte uns danach wieder schnell im Griff.

Während ich mich auf die Suche nach einer neuen Aufgabe machte, passierte etwas, dass uns den Boden unter uns wegreißen sollte.

Es war der 9. November früh morgens, um 7.45 Uhr!

Eigentlich ein schöner Tag. Die Sonne strahlte vom Himmel, es wurde noch einmal recht warm.
Eben ein Tag, fast wie jeder andere Tag zuvor.
Meine Lieben hatten gerade das Haus verlassen, um zur Schule bzw. zur Arbeit zu fahren. Dafür mussten sie die S-Bahn nach Neuss und Düsseldorf nehmen. Ich saß noch beim Frühstück, als es plötzlich bei mir an der Haustüre klingelte.
Verwundert machte ich mich auf dem Weg zur Haustüre. Da stand ein Polizist und sagte:

"Einen Moment bitte, mein Kollege kommt noch."

Ich dachte noch so bei mir:

"Warum hat er seinen Kollegen nicht mit dem Auto mitgenommen, sondern lässt ihn zu Fuß gehen?"

Dann kam sein Kollege um die Ecke in unsere Einfahrt hinein und er trug ein Fahrrad über die Schulter.

Es war das Rad meiner Frau.

Nachdem wir es im Garten abgestellt hatten, erfuhr ich, dass meine Frau auf dem Weg zur S-Bahn von einer Autofahrerin beim Linksabbiegen übersehen und angefahren wurde. Sie würde jetzt mit schweren Verletzungen im Lukas-Krankenhaus in Neuss liegen.
Allerdings könnte ich frühstens in einer Stunde ins Krankenhaus fahren, um weitere Einzelheiten über ihren Zustand zu erfahren.

Nachdem ich erfahren hatte, wo der Unfall passiert war und die Polizisten abgezogen waren, machte ich mich fertig und fuhr zuerst zur Unfallstelle.

Dort machte ich noch einige Bilder von der Unfall-Kreuzung und den

Unheil zieht auf!

Markierungen, die die Beamten gemacht hatten, um den Unfall aufzunehmen und wusste recht schnell, wie der Unfall passiert war. Aber dies half mir im Augenblick nicht wirklich weiter.

Voller Sorgen machte ich mich auf dem Weg ins Krankenhaus.

Nach zwei Stunden endloser Warterei konnte ich mit einem Arzt sprechen. Meine Frau hatte bei dem Unfall schwere Kopfverletzungen erlitten.

Bis auf eine große Schramme am Unterschenkel gab es keine weiteren körperlichen Verletzungen.

Was mir jedoch Sorgen machte, waren die Kopfverletzungen, wie ein schweres Hirnschädeltrauma der Stufe zwei oder der Felsenbeinbruch am linken Ohr. Eines der härtesten Knochen im Körper war glatt durchtrennt worden. Damit war auch gleichzeitig der Gleichgewichtssinn und ein Hörverlust auf links ausgelöst worden. In diesen Stunden konnte ich nicht viel machen, da meine Frau im Koma lag.

Mit einem mulmigen Gefühl fuhr ich wieder nach Hause. Zuhause informierte ich per SMS meine Kinder und meine Schwiegermutter. Die nächsten Stunden wurden zu einer Zitter-Partie. Am Abend fuhr ich wieder ins Krankenhaus. Noch lag sie im Koma. Über zwei Stunden blieb ich an ihrem Bett sitzen.

Aber ich konnte einfach nichts für sie tun.

So kam zu dem Stress im Beruf auch noch der schwere Schicksalsschlag meiner Frau hinzu, den ich aber nur in knappen und einfachen Stichworten zusammenfassen möchte:

- Unfall auf dem Weg zur Arbeit
- schwere Kopfverletzungen
- Krankenhaus
- Intensivstation
- künstliches Koma

- langwierige Behandlung
- REHA - Maßnahmen
- kurzzeitige Erholung
- weiterer Schicksalsschlag
- Verdacht auf einen Tumor
- Zahlreiche Untersuchungen
- niederschmetterndes Ergebnis
- nur eine kurze Lebenserwartung
- Lange Chemotherapien
- Zeit zwischen Hoffen und Bangen
- Kampf über zwei lange Jahre
- Plötzliches Ableben

Ich musste einfach abwarten, was jetzt auf mich zukam. In den nächsten Tagen wachte sie aus dem Koma auf, musste aber noch weiter einige Tage auf der Intensivstation bleiben. Bei den Untersuchungen wurden irgendwelche Schatten im Gehirn festgestellt. Noch ging man von irgendwelchen Blutungen aus.

Aber dies musste noch weiter beobachtet werden.
Nach 14 Tagen ging es meiner Frau wieder etwas besser. Damit konnte ich auch etwas ruhiger werden. Aber die Anspannung blieb.

Jetzt hatte ich zwar, zum Glück, keinen körperlichen Stress, dafür war die seelische Anspannung sehr hoch. Jeden Tag fuhr ich nun ins Krankenhaus, um bei meiner Frau zu sein.

So ging das über viele Wochen.

In der Zwischenzeit zog ich Zuhause ein strenges Regiment auf, wo jeder seine Aufgaben bekam. Meinen Kindern passte dies absolut überhaupt nicht. Aber deren Klagen nahm ich nicht an.

Ich sagte ihnen klipp und klar:

"Wir haben zur Zeit ganz andere Sorgen und da ich fast den ganzen Tag im Krankenhaus verbringe, da kann ich erwarten, dass ihr hier im Haushalt etwas mithelfen könnt."

„Mama`s Hotel gibt es jetzt zurzeit nicht mehr!"

In den nächsten Wochen schlug ich mich mit den Versicherungen, mit der Krankenkasse, der Beihilfe und dem gegnerischen Rechtsanwalt herum, da jeder versuchte, die Kosten auf dem anderen abzuwälzen.
Nach Wochen war meine Frau wieder so einigermaßen hergestellt, als sich eine Schramme am Unterschenkel plötzlich entzündete und operiert werden musste.

Wieder eine Woche länger Im Krankenhaus. Meine Frau war es langsam leid. Sie wollte wieder nach Hause.

Das sie aber nicht mehr die "Alte" war, sollte uns schnell klar werden. Denn durch den Gleichgewichtsverlust war sie doch sehr gehandikapt. Da fielen manche Arbeiten, aber auch so einfache Sachen, wie das Anziehen ihr doch recht schwer. Zum Glück war ich jetzt zur Hause und konnte sie unterstützen. Dann ging es für sechs Wochen in eine REHA - Maßnahme. Damit konnte auch ich wieder etwas durchatmen. An jedem Wochenende fuhr ich in die knapp 300 km entfernte REHA - Maßnahme.

Mit der Zeit konnte man leichte Fortschritte erkennen. Das stimmte mich froh. Nachdem meine Frau aus dieser Einrichtung wieder zu Hause war, versuchten wir unser Leben wieder zu normalisieren. Dennoch musste meine Frau weitere Vorsorgen ambulant durchführen lassen.

Da sie nicht mehr Autofahren konnte, spielte ich jetzt ihren Chauffeur und fuhr sie zu allen weiteren notwendigen Behandlungstherapien.

In der Zwischenzeit hatte ich auch noch einige Bewerbungsgespräche, zu der sie mitfuhr. Sie freute sich unbändig, wenn sie mal etwas anders sehen und erleben konnte. Denn die Einschränkungen mit der sie jetzt leben musste, gefielen ihr ganz und gar nicht. Dazu war sie ein zu lebenslustiger Mensch gewesen. Jetzt war sie immer auf die Hilfe anderer angewiesen. Damit musste sie erst einmal zurechtkommen.

Trotz einer psychologischen Betreuung fiel ihr das sehr schwer, dies zu akzeptieren.

Diese Zeit war nicht einfach.

Man musste einen Spagat machen, zwischen Hilfe und Selbsterfahrung, was nicht immer gelingen wollte.
Es war schon sehr belastend für uns beide.

Trotzdem waren wir über jede Besserung des Zustandes froh und konnten hoffen, uns irgendwann einen Normalzustand wieder zu nähern.

Manchmal fragte ich mich oft, was uns das neue Jahr 2005 noch alles bringen werde?

Werden wir die Unfallfolgen überwinden können?

Werde ich eine neue Aufgabe bekommen?

Können wir die Belastungen, die noch auf unserem Haus sind, weiter abtragen?

Was werden unsere Kinder machen?

Was wird aus meiner Frau?

Wird sie wieder ganz gesund?

Oder müssen wir unser Leben ganz umstellen?
Diese Fragen belasteten einen ungemein. Aber zu dieser Zeit hatte man nur noch eine Möglichkeit, nach vorne zu schauen.

Dann kam im April der Geburtstag meiner Frau. Ihre ganzen Arbeitskollegen waren bei uns zu Gast. Es war ein schöner Moment für meine Frau, wenn da nicht etwas gewesen wäre, was uns erschrecken ließ.

Ich wurde von einigen Kollegen angesprochen, was denn mit meiner Frau los sei?

In den Gesprächen mit ihr, wäre ihnen aufgefallen, dass meine Frau mit ihren Antworten immer später kam, als man das normalerweise gewohnt ist. Dies wäre mir auch schon aufgefallen, sagte ich und das sie in ihrem täglichen Abläufen zum Teil sehr langsam war. Wir hätten aber schon einen Termin beim Neurologen.

Der Termin beim Neurologen brachte uns nicht viel weiter.

Man verordnete daher eine weitere REHA - Maßnahme, um sie besser beobachten zu können. So fuhr ich sie dann über sechs Wochen, jeden Tag nach Düsseldorf-Wersten, damit sie weiter trainiert wurde. Aber mit jedem Tag wurde sie anfälliger und schwächer.
Nach weiteren Untersuchungen äußerte man den Verdacht, dass sich hier im Kopf etwas gebildet haben könnte.

Aber dazu wären noch weitere Untersuchungen nötig. Dazu bekam sie eine Einweisung in die Uni-Klinik zu Düsseldorf. In diesen Tagen konnte ich nur noch reagieren. Dann diese Ungewissheit. Was hatte sich da gebildet? Die Nächte wurden immer unruhiger. Man machte sich die größten Sorgen. Dann mussten wir noch zu allem Überfluss nach Jülich fahren, um dort eine bestimmte Untersuchungsmethode über uns ergehen zu lassen, um die Ursache besser zu erkennen.

Also machten wir dies auch noch! Kaum waren wir wieder zurück, da hatten wir schon eine Nachricht auf unserer Telefon-Box. Wir sollten sofort in die Klinik kommen. Dort angekommen erfuhren wir auch den Grund. Die Ergebnisse gaben Anlass zur Sorge.

Es hatte sich ein Tumor gebildet!

Am nächsten Tag wurde eine weitere Untersuchung anberaumt und dabei stellte man fest, dass es sich hier um einen Tumor handelt, der höchst aggressiv war. Stufe 3 von 4!
Im Gespräch mit dem Arzt sagte uns dieser:

"Rechnen sie mit dem Schlimmsten!

Vermutliche Lebenszeit nur noch drei bis vier Wochen!

Diese Aussage des Arztes schockierte uns. Nur noch drei bis vier Wochen? Das konnten wir nicht glauben? Wir werden aber versuchen, was wir können. Vielleicht gelingt es uns den Tumor aufzuhalten.

Schwere, dunkle Wolken ziehen
bedrohlich auf

So werden wir es mit einer
„Chemokeule" versuchen, um ihn
einzudämmen.
Aber ob dies gelingt? Das steht in
den Sternen.
Diese Nachricht war ein Schock,
den man erst verarbeiten musste.
Sollte dies Abschied auf Raten
werden? Wie soll das weitere Leben
aussehen? Auf der einen Seite galt
es aber auch, meiner Frau wieder
Mut zu machen, ja zum Leben zu
sagen.

Dabei war man auf der einen Seite todtraurig, musste sich aber auf der anderen Seite stark zusammen reißen, um keine Blöße von sich zu geben. Und sich selber immer wieder Mut zusprechen. Die nächsten Wochen spielten sich zwischen Hoffen und Bangen ab. Es war eine Fahrt wie auf einer Achterbahn.

In diesen Tagen war ich jeden Tag im Krankenhaus. Alles andere blieb erst einmal zurück. Die Wochen vergingen. Eine leichte Besserung stellte sich ein. Ich konnte etwas aufatmen. Auf der einen Seite musste das Leben aber auch wieder weitergehen.

Da bekam ich das Angebot ein Verkaufsgebiet wieder aufzubauen, was leider durch eine mangelhafte Betreuung sehr tief abgerutscht war. Um mich auch wieder etwas abzulenken, nahm ich dieses Angebot an. Die Behandlung meiner Frau ging weiter.

Dazu wurde sie in eine andere Klinik nach Hattingen verlegt, weil man dort eine intensivere Behandlung garantieren konnte. Ich stimmte dem zu, da ich hier auch beruflich unterwegs war. So konnte ich den ein oder anderen Abend bei meiner Frau sein, was ihr auch gut tat. Denn hier konnte keiner sie mal eben besuchen. Selbst am Wochenende schaute keiner mal vorbei. Da blieb sie mit ihren Sorgen allein.

Trotz aller Sorgen um meine Frau, versuchte ich dem Chaos in diesem Verkaufsgebiet Herr zu werden. Jetzt kämpfte ich wieder an verschiedenen Fronten.

Einmal mit der Sorge um meine geliebte Frau, einmal um Verkaufserfolge und dann noch zu Hause.

Die Kinder zogen aus und lebten jetzt ihr eigenes Leben. Wenn ich jetzt nach Hause kam, dann war keiner mehr da.

Die Kinder hatten sich eigene Wohnmöglichkeiten geschaffen, um nach ihrer Fasson zu leben.

Zum Glück verhießen die Behandlungen Gutes und es ging wieder leicht bergauf. Dies gab auch wieder einen gewaltigen Schub in der Motivation für mich, noch einen Zahn drauf zu legen, um wieder Erfolge im Verkaufsgebiet vorlegen zu können. So versuchte ich allen Seiten wieder gerecht zu werden und war im Dauereinsatz an allen Fronten.

Aber nach einem Hoch kommt meistens auch ein Tief. Meine Frau baute plötzlich wieder ab. Die Behandlung kam nicht weiter.

Also suchte man nach einer anderen Lösung.
Einen nachhaltigen Erfolg sah man hier langfristig nicht mehr.

Daher kam die Verlegung in eine Pflegeeinrichtung zu Sprache.

Eine Pflege zu Hause, wäre nicht zu schaffen gewesen. Man hätte auch nicht die Vorrichtungen und das notwendige Pflegepersonal, um die notwendige Pflege sicherzustellen. Ja, wieder so ein Niederschlag, den man nicht erwartet hatte.

Zum Glück konnten wir eine Pflegeeinrichtung mit der Unterstützung ihrer Firma finden, die diese Voraussetzungen hatte. Gut, sie war rund 30 km von mir entfernt, aber wenn diese Einrichtung gut war, dann sollte dies halt so sein. Ende 2005 kam der Umzug. Meine Frau wurde dort sehr freundlich aufgenommen und fühlte sich dort auch recht wohl. Die „Chemobehandlungen" wurden ambulant wieder aufgenommen.

Sie kam damit recht gut zurecht.

Wieder hatten wir die Hoffnung, dass es weiter aufwärts geht.
An vielen Tagen sah es richtig gut aus. Sie blühte regelrecht wieder auf.

An solchen Tagen wollte sie wieder raus und nach Hause, was man verstehen konnte.
Dennoch gab es auch Tage, die einem wieder die Sorgenfalten in die Stirn trieben. Oft musste man an solchen Tagen ganz tief durchatmen.
Ich versuchte in dieser Zeit immer optimistisch zu bleiben, was aber manchmal nicht ganz einfach war.

Wenn ich dann aus der Pflegeeinrichtung wieder nach Hause kam, wurde ich oft nachdenklich und dachte, wie soll dies alles einmal werden?

Jetzt standen aber plötzlich noch ganz andere Fragen an.

Wie lange kannst du die finanzielle Mehrbelastung durch die Pflegeeinrichtung tragen?

Hier war der Eigenanteil sehr hoch.

Wie schaffst du das alles?

Kannst du das alles noch aufbringen?

Kannst du überhaupt noch ruhig schlafen?

Viele dieser Fragen gingen mir zu dieser Zeit durch den Kopf. Aber Antworten fand ich nicht.

Die ersten Verkaufserfolge stellten sich bald ein. Aber dies weckte auch wieder Begehrlichkeiten.
Zusätzliche Aufgaben sollten noch übernommen werden, wie zum Beispiel Schulungen der Mitarbeiter unserer Großkunden, Hausmessen abhalten, Teilnahme an regionale Messen usw.

Dabei war man froh, wenn man durch das eigene Verkaufsgebiet kam und dies war schon groß genug.

So wurde man wieder überall als „Feuerwehrmann" eingesetzt und machte wieder Stunden um Stunden zusätzliche Einsätze.

Der Spagat wurde immer größer zwischen den Anforderungen im Beruf und der Aufgabe im Pflegeheim, sowie zu Hause. Zum Glück konnte ich auch noch Spätabends kommen, um wenigstens ein bis zwei Stunden bei meiner Frau zu sein. Ihr die neue Wäsche zu bringen, die alte wieder mitzunehmen, um sie zu waschen und besondere Wünsche zu erfüllen. Meine Tage wurden dadurch sehr lang. Meist kam ich erst gegen 23.00 h nach Hause. Schnaufte einmal kurz durch und setzte dann noch meist eine Maschine Wäsche auf.

Während die lief, machte ich die anderen Hausarbeiten und meine Bürosachen.
Weit nach Mitternacht kam ich dann auch endlich ins Bett. Dies ging über Monate so. Die Sorgen um meine Frau rissen aber nicht ab.

Hier gab es auch immer wieder auf und ab` s, die einem dem Atem raubten. Beruflich ging es weiter aufwärts.

Jedoch kamen immer mehr Einsätze auch noch am Wochenende hinzu. Bei Hausmessen von Großkunden erwarteten sie meine Anwesenheit. Manchmal fuhr ich Samstag und am Sonntag zu sechs bis sieben solcher Messen. Oder ich fand mich auf einer Regionalmesse wieder.
Montags ging es wieder normal weiter. So kam ich bei zahlreichen Wochen auf über hundert Stunden Einsatz für die Firma.

Einen Ausgleich?

Fehlanzeige!

Man kam nicht mal zum Luftholen. Erschöpfung durfte ich nicht zeigen. Manchmal hatte ich das Gefühl, du kommst an deine Grenzen heran. Sicher, ich hatte immer viel gearbeitet und dabei nie eine große Erschöpfung gezeigt.
Nein, mir hatte die Arbeit immer viel Spaß gemacht. Sie füllte mich aus. Sie gab mir, durch die Erfolge, auch Sicherheit im Leben.

In diesen Zeiten merkte ich, dass es da auch noch etwas anderes gab, was mir langsam aber sicher die Kraft nahm.

Die ständigen Sorgen um meine Frau. Dazu die Unsicherheit, wie es weiter gehen soll.

Was wird aus unserem Lebensplan?

Sollte der Unfall noch einmal ein trauriges Schicksal spielen?

Viele Fragen stellte ich mir, bekam aber auf kaum eine Frage eine Antwort. In dieser Zeit aber konnte ich nur noch auf die Ereignisse die mich regelrecht überrollten, reagieren.

Mehr nicht!

Der Zusammenbruch

Also machte ich gute Mine zum bösen Spiel. Wagte den Spagat, zwischen Firma, Pflegeeinrichtung und Zuhause.

In der Pflegeeinrichtung blühte meine Frau wieder etwas auf. Das machte uns allen wieder Hoffnung. Ihr Zustand besserte sich, so dass ich sie auch mal wieder am Wochenende nach Hause holen konnte.

Kleine Lichtblicke im Dunkel?

Da merkte man, wie schwierig es war, sie zu Hause zu pflegen. Ich war fast rund um die Uhr im Einsatz. Jetzt konnte ich auch abschätzen, welche Arbeit das Personal dort in der Pflegeeinrichtung leistete. Hier konnte man nur voller Ehrfurcht den Hut ziehen, vor so viel Einsatz. Aber auch diese Wochenenden zu Hause bauten meine Frau wieder auf.

Dennoch gab es immer wieder Zeiten, wo alles in Frage gestellt wurde. Dann wusste man nicht mehr weiter.

Gerade in diesen schweren Zeiten kamen weitere berufliche Anforderungen auf einen zu. So versuchte man mit übermenschlichem Einsatz beiden Parteien gerecht zu werden. Aber es war nur noch eine Frage der Zeit, wann ein Zusammenbruch geschah.

Die wenigen Minuten, die mir am Tag noch blieben, versuchte ich zu meditieren. Entspannungsmusik auf den Fahrten zu meinen Kunden oder zu irgendwelchen Messen, sollten mich beruhigen. Aber dies gelang nicht immer. Immerzu dachte ich an meine Frau. Vor einer Woche ging es ihr den Umständen entsprechend gut und jetzt? Jetzt war sie wieder ein Pflegefall in der höchsten Stufe. Wie sollte das noch enden? Ich wollte dies mir lieber nicht vorstellen, sondern verdrängte den Gedanken. Je weiter wir ins Jahr 2006 kamen umso mehr merkte ich, dass ich selber langsam aber sicher am Ende meiner Kräfte ankam.

Meinen Kurzurlaub von vier Tagen musste ich zurückstellen, da zwei Kollegen krank waren und ich die Messen in deren Verkaufsgebiet übernehmen musste, die schon lange geplant waren. Damit war schon wieder ein Wochenende mit einem Einsatz versehen.

In der Pflegeeinrichtung wartete sehnsüchtig meine Frau auf mich. Während die hohen Herren Freitagmittag ins „Weekend" gingen, durfte ich eine Vertretung machen, auf einer Messe, die mehr als schlecht organisiert worden war. Aber Montagmorgen, um halb acht, wollten diese Herren schon einen Bericht von der Messe vorliegen haben, um zu wissen, welchen Erfolg die Messe gebracht hat. Dabei war ich erst sehr spät am Sonntagabend von der Messe und von meiner Frau aus der Pflegeeinrichtung zurück gekommen.

So wurde man immer mehr unter Druck gesetzt.
Immer neue Aufgaben wurden einem übertragen, da man ja halt der beste Mann für diese heiklen Aufgaben wäre und es eine Selbstverständlichkeit sei, seinen Kollegen zu helfen.

Auf der anderen Seite hielt man einen vor, dass man ja kaum im eigenen Gebiet unterwegs sei.

Das würde ja überhaupt nicht gehen. Auf dem Einwand, dass man, auf Anweisung der Geschäftsleitung, ja ständig für irgendwelche Kollegen als "fliegender Engel" einspringen muss, wie zum Beispiel auch an diesem Wochenende oder in der vergangenen Woche von Montag bis Freitag auf einer Hausmesse in Stuttgart, da kann man nicht erwarten, dass man an zwei Orten gleichzeitig sein kann.

Da wurde nur etwas in den Bart gemurmelt und keine zwei Tage später hatte man eine neue, zusätzliche Aufgabe.

So blieb mir nichts anderes übrig, dies genau festzuhalten.

Denn manchmal hatte ich den Eindruck, dass man da oben in der Geschäftsleitung den Überblick absolut verloren hatte und die rechte Hand nicht wusste, was die Linke veranlasst hatte.

So gab es zahlreiche Überschneidungen, die wir im Vertrieb ausbaden mussten. Dann kam eine neue Führungskraft und es wurden neue Konzepte erstellt. Die sollten natürlich von heute auf morgen umgesetzt werden. Was uns natürlich zu schaffen machte, da zwei ältere Kollegen längerfristig mit schweren Krankheiten ausfielen. Da mein Verkaufsgebiet an das des einen Kollegen grenzte, sollte ich hier die Aufgaben von meinem Kollegen mit übernehmen. Es sollte ja „nur" so lang sein, bis die Kollegen wieder einsatzfähig seien.

Damit geriet ich zunehmend unter einen grandiosen Zeitdruck.

Trotz Ausschöpfung aller Möglichkeiten, wie zum Beispiel nicht mehr die 300 km zurück nach Hause zu fahren, nahm man sich lieber ein Zimmer und blieb im Gebiet, um dann am nächsten frühen Morgen schon wieder im Einsatz zu sein.

In dieser Zeit musste ich meine Frau fast vernachlässigen. Aber gerade dies hatte sie nicht verdient.

Es wurde Herbst. Eine Rückkehr der Kollegen schien noch in weiter Ferne. Neue Vorgaben des Jahresplanes erzeugten noch mehr Druck. Ich selber spürte, dass ich immer erschöpfter wurde. Ich wurde ungeduldiger, alles musste jetzt schnell, schnell gehen.

Auch wurde ich immer reizbarer. Jede Kleinigkeit, die nicht so war wie ich sie gebrauchen konnte, konnte mich zur Explosion bringen.

Ich war mit mir selber unzufrieden.

Ich hatte mich irgendwie regelrecht aufgerieben, zwischen den Anforderungen in der Firma und meiner Frau gegenüber.

Auf der einen Seite kann ich sagen, dass es ein Glück war, dass unsere Kinder nun auf eignen Füssen stehen mussten, beziehungsweise es selber so wollten.

So konnte auf meiner dritten Baustelle, mein Zuhause, mal alles liegen bleiben, ohne das man ein schlechtes Gewissen bekommen musste. So machte ich zwar meine Arbeit, so gut ich es konnte, aber wehe da lief irgendetwas aus dem Ruder, dann konnte es leicht hoch hergehen. Da bekam jeder sein Fett ab, egal in welcher Position er saß.

Dann kam eine Messe, zu der wir unbedingt ausstellen mussten. Es wurde ein Messeteam benannt, die eine Woche den Messestand betreuen sollten. Man hatte sechs Mann dafür vorgesehen.

Was passierte am ersten Messetag?

Da waren wir nur zu zweit auf dem Messestand, was für diese Größe viel zu wenig war. Die anderen hatten es vorgezogen, durch Krankheit zu glänzen.

Unterstützung durch die Geschäftsleitung?

Mal wieder Fehlanzeige!

So machten wir mit zwei Mann den gesamten Messestand, kamen zu keiner Pause, standen 10 Stunden dort auf der Matte und mussten später uns nachsagen lassen, dass sich Kunden beschwert hatten, da sie nicht die gewünschte Aufmerksamkeit erhielten. Da platzte mir aber dann endgültig der Kragen. Die Explosion in der Geschäftsetage bekam auch der Inhaber mit.

Als er mich bat, ihm die Lage zu schildern, bekam er den ganzen Frust ab. Noch einmal konnte er mich beruhigen und versprach Besserung. In der gleichen Stunde erhielt ich einen Anruf, dass meine Frau schwer gestürzt sei und in der Uniklinik liegen würde. In diesem Moment kam alles zusammen. Voller Sorge machte ich mich sofort auf dem Weg zu meiner Frau auf.

Auf dem Weg dahin merkte ich zum ersten Mal, dass mein Blutdruck mit mir Achterbahn fuhr.
Mir wurde regelrecht schwindelig.

Nur mit Mühe und letzter Kraft kam ich im Krankenhaus an. Zum Glück hatte meine Frau sich nichts gebrochen. Aber sich doch recht starke Prellungen geholt. Nach zwei Tagen konnte sie wieder ins Pflegeheim zurück.

Nach diesem Tag war ich total fertig. Nervlich und körperlich.

Zum Glück war es Wochenende. Ich tat nur das Nötigste im Haushalt und fuhr am Samstag ins Pflegeheim. Sonntagmorgen ging ich zuerst in die Kirche, um wie immer die heilige Messe zu feiern.

In dieser Stunde konnte ich meinen Pegel etwas herunter fahren. Dann machte mich wieder auf dem Weg ins Pflegeheim. Etwas machte mich nervös.

Ich war von einer starken inneren Unruhe erfasst, die ich mir nicht erklären konnte.

Auch mein Schwindel, den ich ja schon vor Jahren einmal hatte, meldete sich wieder.

Zum Glück hatte ich in meiner Reiseapotheke noch ein paar restliche Tabletten. Sie halfen mir erst einmal weiter.

In den kommenden Nächten konnte ich kaum schlafen.

Allerlei Probleme schienen sich regelrecht verabredet gehabt haben, um sich in der Nacht bei mir zu melden, um dort gelöst zu werden. Erst kurz vor dem Aufstehen fiel ich in einen tiefen Schlaf, der dann jäh vom Wecker gestört wurde. Die nächsten Tage war ich wie gerädert. Ich musste aufpassen, um im Verkehr keinen Fehler zu machen. Ich wurde fast fahrig, um nicht gleich senil zu sagen. Ich fühlte mich total ausgebrannt. Hatte einfach keine Kraft mehr. Etwas, was ich nicht von mir kannte.

Mein Schwindel wurde immer stärker.

Ich entschloss mich, zu meiner Ärztin zu gehen, zumal ich auch ein Rezept brauchte, um neue Tabletten gegen den Schwindel zu bekommen.

Die Untersuchungsergebnisse waren alarmierend. Mein Blutdruck schien fünf Hochs zu haben. Mein Puls raste und auch die anderen Werte waren nicht gerade berauschend.

Meine Ärztin machte mir klar, wenn ich so weiter mache, dann würde ich wahrscheinlich noch vor meiner Frau „ins Gras" beißen, so ihre drastische Sprache.

Jetzt sollte es Stopp und nochmals Stopp heißen.

Ruhe, nichts als Ruhe!

Sie würde mir Tabletten zur Beruhigung geben, ferner ein Mittel gegen den Bluthochdruck und die Tabletten gegen den Schwindel.

In einer Woche sollte ich wieder vorbei kommen.

Sie schrieb mich für eine Woche krank.

Jetzt war ich zu Hause.

In der Firma fingen sie an zu rotieren.

Ich hatte ja eine Reihe von Terminen, die jetzt wahrgenommen werden mussten. Dabei merkte ich, dass meine Kollegen, für die ich ja immer die Kohlen aus dem Feuer holen musste, wenn sie mal Unpässlich waren, jetzt keine Lust hatten, die Termine wahrzunehmen.
Sie hätten selber Termine genug, die sie wahrnehmen mussten. So war das also! Für sich alle Vorteile in Beschlag nehmen, aber für den anderen? Eine innere Erregung stieg in mir auf.
Aber ändern konnte ich zurzeit daran nichts. Ich war erst einmal außer Gefecht gesetzt worden.

Ich nutzte die Zeit, um mein Haus wieder auf Vordermann zu bringen.

Jetzt konnte ich jeden Tag ins Pflegeheim fahren, um dort meine Frau zu umsorgen.
Wenn das Wetter schön war, nahm ich sie im Rollstuhl mit nach draußen und wir machten einen Spaziergang zum nahen Rhein.

Hier schauten wir den vorbeifahrenden Schiffen nach und machten kleine Pläne, für die Zeit nach der Krankheit meiner Frau.
Denn im Augenblick sah es wieder so aus, als wenn es gelingen könnte, den Tumor zu besiegen.

Meine Frau freute sich über die gewonnene Zeit mit mir.

Jedoch machte sie sich Sorgen auch um mich.

Obwohl ich ihr nicht über meinen eigenen Zustand erzählte, schien sie zu merken, dass es nicht gut um mich bestellt war.

An manchen Tagen musste ich mich schon regelrecht zusammen reißen, um nicht aufzufallen, wie es um mich steht.

Nur sehr langsam kam ich zur Ruhe.

Bei dem folgenden Arzttermin bekam ich immer noch nicht die Freigabe für die Aufnahme meiner Arbeit.

Auch wenn dort alles drunter und drüber ging, ich sollte zu Hause bleiben, denn meine Gesundheit wäre jetzt wichtiger als die Firma, war die mehr als eindringliche Warnung meiner Ärztin!

Also blieb ich, zwar mit schwerem Herzen, zu Hause.

Wenn ich dann mal wieder, nach langer Zeit, auf meiner Bank vor dem Wintergarten saß und dem Treiben der Tierwelt zuschaute, kamen automatisch Gedanken über meine Zukunft auf.

Ruhe und Stille. Innehalten!
Gedanken kommen von alleine!

Was wird, wenn du nicht mehr arbeiten kannst?

Wie wird es dann weitergehen?

Was geschieht mit deiner Frau?

Wird sie wieder die „Alte" werden?

Kann sie den Tumor überwinden?

Welche Hürden stehen uns dann noch bevor?

Während ich darüber so nachdachte, bekam ich die Nachricht, dass meine Frau wieder einmal gestürzt sei und nun wieder im Krankenhaus liegen würde. Allerdings soll sie wieder am Abend zurückkommen.

Wieder fing mein Herz an zu rasen, der Blutdruck jagte regelrecht nach oben, als wollte er einen neuen Rekord aufstellen.

Innerlich sackte ich in mich zusammen. Erst nach einer langen Zeit war ich in der Lage, wieder einen klaren Gedanken zu fassen.

Was soll ich tun?

In den nächsten Stunden saß ich immer noch auf meiner Bank und dachte darüber nach, wie mein Weg aussehen könnte, wenn ich...?

Bei diesem Gedanken wurde ich unterbrochen. Das Telefon klingelte. Einer meiner Kunden war dran. Er hatte noch eine große Bestellung für mich.
Über die hatten wir noch vor vierzehn Tagen gesprochen. Mit dieser Bestellung hatte ich mal wieder meine Vorgaben der Geschäftsleitung für das Jahr übertroffen.

Aber zu welchem Preis?

In den nächsten Tagen saß ich immer wieder mal auf meiner Bank und überlegte die Frage oder den Weg, wenn ich...?

Welches Risiko ging ich ein?

Kann ich das überhaupt?

Welche Folgen wird das haben?

Wie sieht dann unsere gemeinsame Zukunft aus?

Welchen Weg soll ich gehen?

Alles Fragen, zu denen es schwer war, Antworten zu finden. Aber musste ich nicht eine Lösung finden? Denn so, wie es jetzt war, so konnte es nicht mehr weiter laufen. Ich war gesundheitlich angeschlagen und wusste nicht wie lange ich brauchte, um wieder ganz fit zu werden?

Meine Ärztin sagte mehr als eindringlich zu mir:

"Sie stehen kurz vor dem totalen, finalen Zusammenbruch!"

„Es hätte nicht mehr viel gefehlt und sie hätten einen schweren Herzinfarkt oder gar einen Schlaganfall erlitten.
Ob der gut ausgegangen wäre, kann ich ihnen nicht sagen. Aber sie hätten vermutlich monatelang nicht mehr in dieser Weise arbeiten können."

„Danach hätten sie sich einen neuen, ruhigeren Job suchen müssen, da sie nicht mehr so belastbar gewesen wären."

„Überlegen sie gut, was sie machen wollen."

„Denken sie auch dabei an ihre Frau!"

„Wer weiß wie lange, sie noch bei ihnen sein wird? Denn der Tumor ist nicht zu unterschätzen."

Auch wenn sich das jetzt nicht so zeigt, so wird er immer präsent sein. Sie sollten sich die Zeit nehmen, um wieder zu sich zu kommen und versuchen, ihr Leben in eine ruhigere Bahn zu lenken. Jetzt haben sie noch die Möglichkeit dies selber zu tun."

„Später bestimmen dann andere über ihr Leben.

Und so weit wollen sie es bestimmt nicht kommen lassen?"

„Oder?"

Sollte dies ein Wink mit einem berühmten Zaunpfahl sein? Es war mir schon klar, dass nur noch ein kleiner Schritt fehlte, um total zusammenzubrechen.

So hatte ich noch die Möglichkeit rechtzeitig die Möglichkeit die Reißleine zu ziehen.

Wie aber sollte es jetzt weiter gehen?

Wieder zu Hause angekommen, nahm ich auf meiner geliebten Bank Platz und ließ mir das Gespräch mit meiner Ärztin noch einmal langsam durch den Kopf gehen.

Recht hatte sie ja!

Aber wie soll ich dies bewerkstelligen? Wenn ich wieder einigermaßen hergestellt bin, dann muss ich ja wieder in meinem Job zurückkehren und der ist gnadenlos.

Von etwas müssen wir ja auch leben!

Dabei tauchte auch wieder der Gedanke auf:

"Was wäre wenn…?"

Die nächsten Tage verbrachte ich mit weiteren Überlegungen.

Die Entscheidung

Ich hatte mir dies sicherlich nicht einfach gemacht. Tage über Tage habe ich überlegt.
Habe nachgerechnet, habe alles wieder verworfen. Es für totalen Unsinn gehalten. In dieser Zeit war ich allein.
Mit niemanden konnte ich darüber reden. Selbst mit meiner Frau konnte darüber nicht mehr reden. Sie hätte es nicht verstanden.
Ich wusste nur eins, wie ich mich auch entscheiden mochte, meine Frau hätte hinter mir gestanden. Denn sie wusste, dass ich, wo für ich mich auch entscheiden würde, ich hätte unsere Lebensader nie zerstört.
Deshalb fiel mir die Entscheidung auch so schwer. Ich hatte ja nicht nur die Verantwortung für mich, sondern auch noch die von meiner Frau, die ich tragen musste.

Also musste ich alles dreifach gut überlegen.

Immer wieder zog ich mich zurück, um alle Folgen, die aus einer Entscheidung kommen, auch erfasst zu haben.
Je mehr ich darüber nachdachte, desto unsicherer wurde ich. Habe ich auch alles berücksichtigt. Oder habe ich etwas übersehen? Jedes Mal kamen neue Argumente hinzu. Je mehr ich darüber nachdachte, wie unser zukünftiger Weg aussehen würde, umso nachdenklicher wurde ich.

Plane ich hier mit etwas, was ich nicht erfassen kann? Es gab eine Menge von Unsicherheiten, die man nicht so recht abwiegen konnte. Wie sollte man mit denen umgehen? Einfach zur Seite schieben? Es konnte gut gehen - es konnte aber auch schief gehen. Wie sollte ich mich entscheiden? Ich ging im Wohnzimmer auf und ab.

Überlegte jeden Schritt. Jedes Detail, das mir einfiel. Alles was mir einfiel, schrieb ich nieder auf kleine bunte Zettel, die ich an eine Pinnwand hängte.

Dann sortierte ich sie nach Gewichtigkeit. Dabei fiel auf, dass ich eine Sache noch gar nicht behandelt hatte.

Mich selber!

Über meinem derzeitigen Zustand habe ich zu keiner Zeit nachgedacht.

Dies sollte ich doch auch berücksichtigen? Oder? Denn wenn meine Gesundheit nicht mitmacht, dann kann ich alle Pläne über den Haufen werfen. Dann kann ich noch so schön planen und komme doch nicht weiter.

Also, wie sieht meine Gesundheit aus?

Noch leide ich an den Folgen des Fast-Zusammenbruches. Einer totalen körperlichen und seelischen Erschöpfung.

Heute würde man sagen:

"Er leidet an einem Burn-out – Syndrom."
Ich muss Tabletten nehmen, damit sich meine Werte wieder regenerieren.

Wie lange wird dies dauern?

Wie lange bin ich später wieder belastbar?

Halte ich überhaupt den Stress aus, den ich im Betrieb habe?

Muss ich sogar mit einem Rückfall rechnen?

Welche Folgen könnte ich dann erleiden?

Fragen über Fragen?

Wie kriege ich bloß darauf eine Antwort?

Oder habe ich die Antwort schon von meiner Ärztin bekommen?

"Es hätte nicht mehr viel gefehlt... und sie hätten...!"
War dies wirklich eine letzte Warnung?

Stand es wirklich schon so schlimm um mich?
Ich hatte zwar gemerkt, dass es mir nicht gut ging, aber so schlecht war es dann doch nicht.
Oder war dies nur Panikmache von meiner Ärztin? Eigentlich schätzte ich sie sehr. Deshalb glaube ich nicht, dass sie hier einen auf Panik machte, sondern das es eine ganz berechtigte Sorge um meine Gesundheit war.

Wenn das also so sein sollte, dann war hier allerhöchste Vorsicht geboten! Deshalb wäre ein zu früher Einstieg ins Arbeitsleben nicht ganz unproblematisch gewesen. Auf der anderen Seite, wollte ich meine Firma auch nicht im Stich lassen, im Kampf um irgendwelche Marktanteile. Welches Risiko hätte ich dann auf mich genommen? Jetzt bin ich kein Arzt, aber mein durchaus gesunder Menschenverstand sagte mir, dass ich an einer Schwelle stehe, wo ich genau überlegen muss, was ich will.

Auf der einen Seite weiter machen bis zum bitteren Ende oder die Reißleine ziehen.

Aber was würde das bedeuten, wenn ich jetzt und hier die Reißleine ziehen würde?

Könnte ich dies überhaupt so einfach machen?

In den nächsten Tagen habe ich über alle möglichen Optionen nachgedacht.
In dieser Zeit kam wieder die Nachricht rein, dass es meiner Frau wieder schlechter ging.

Sollten die ganzen Behandlungen nicht mehr so richtig anschlagen?

Wenn der Tumor weiter wachsen sollte, dann ist auch irgendwann die Lebenszeit meiner Frau abgelaufen. Wie schnell so etwas geht, kann keiner genau sagen.
Es kann noch ein halbes Jahr oder auch nur noch ein paar Wochen dauern.

Vielleicht ist es gut, wenn man keine verlässlichen Daten hat, sondern sich über jeden gemeinsamen Tag freuen kann, den man noch zusammen verleben und verbringen kann.

So hatte ich auf der einen Seite die Wahl, wieder zurück in den Beruf zu gehen und zu „malochen" und meine Frau zu vernachlässigen oder …?

An diesen Gedanken mochte ich mich noch nicht heran wagen. Aber wer weiß, vielleicht sollte ich dies doch machen?
Brauchte meine Frau gerade jetzt in dieser Zeit nicht meinen ganzen Beistand? Sie hatte mir ja auch sonst immer den Rücken freigehalten, wenn ich beruflich stark eingespannt war. War es jetzt nicht recht und billig, dass ich jetzt für sie da war?

Wie sollte dies jedoch funktionieren?

In diesen Tagen fuhr mein Blutdruck eine regelrechte Achterbahn mit mir.

Bei jeden Gedanken, der ja unsere Zukunftsaussichten betraf, bekam ich ein mulmiges Gefühl. Egal wie ich mich auch entscheide, niemand hätte meine Entscheidung verstanden. Aber diesmal musste ich mich entscheiden.

Ich ganz allein!

Bei dieser Entscheidung konnte mir keiner helfen.

In einer langen Nacht, ich konnte nicht schlafen, ging ich mal wieder im Wohnzimmer auf und ab. Auf einem Zettel hatte ich alle Gründe Pro und Kontra für ein Weitermachen wie bis her, oder für eine neue Lösung aufgeschrieben. Während ich durch das Wohnzimmer ging, führte ich ein Selbstgespräch mit mir und ging Punkt für Punkt meiner Liste durch. Überlegte jedes Pro und Kontra und veränderte dann den einen oder anderen Punkt.

Aber so recht weiter kam ich nicht.

Eine innere Unruhe stieg in mir auf. Mein Blutdruck schnellte in die Höhe. Mein Herz raste.

Was sollte ich nur tun?

Nie ist mir eine Entscheidung so schwer gefallen. Denn hier stand aber auch unsere Zukunft auf dem Spiel.

Zum ersten Mal hatte ich eine starke innere Beklemmung.
Ja, ich hatte regelrecht Angst vor einer Entscheidung, die ich jetzt selber für mich und für andere treffen musste. Immer wieder ging ich noch einmal alle Optionen durch.
Auf der einen Seite war ich gesundheitlich stark angeschlagen und brauchte Ruhe und nochmals Ruhe.

Gut, zu Ruhe komme ich dann sowieso nicht, da ich dann ja mehr Zeit mit meiner Frau in der Pflegeeinrichtung verbringen würde.

Die Sorgen um ihre Gesundheit werden dadurch auch nicht kleiner.

Die andere Seite wäre die Rückkehr in den Beruf. Dann wieder ein sofortiger Einsatz von Null auf einhundertfünfzig Prozent. Dadurch würde meine Frau wieder hinten an stehen. Aber hier war dann die Frage:

"Wie lange halte ich dies noch durch?"

Was sagte meine Ärztin noch eindringlich zu mir?

"Wenn sie so weiter machen, dann liegen sie vor ihrer Frau im Grab."

Eine sehr harte Warnung!

Was sollte ich jetzt nur machen?

Die ganze Nacht konnte ich nicht mehr einschlafen. Ich wälzte mich von der einen Seite auf die andere Seite.

Was sollte ich bloß nur tun?

Ich schob die Entscheidung auf. Vielleicht konnte ich darüber mit meiner Frau sprechen?

Am nächsten Tag fuhr ich schon früh in die Pflegeeinrichtung.

Meine Frau schlief noch.

In der Zwischenzeit verstaute ich die mitgebrachte Wäsche in den Kleiderschrank. Packte die alte Wäsche wieder ein und stellte sie bereit, um sie wieder mitzunehmen.

Dann setzte ich mich an den kleinen Tisch in ihrem Zimmer und schaute den abgehenden Maschinen vom nahe gelegenen Flughafen zu. Dann schaute ich immer wieder auf meine Frau, wie sie da in ihrem Bett lag.

Wie sah denn unsere gemeinsame Zukunft aus?

Wird sie immer ein Pflegefall bleiben?

Wird man den Tumor eindämmen können oder gar besiegen?
Oder wird sie den Kampf verlieren?

Viele Fragen gingen mir in diesen Momenten durch den Kopf.

Als sie wach wurde, merkte ich recht schnell, dass sie mir heute keine Fragen beantworten kann. Also musste ich doch selber entscheiden.

Auf dem Heimweg, am späten Abend, ich hörte noch eine Entspannungsmusik im Auto, da hatte ich schon fast eine Entscheidung getroffen.

Auf der Straße der Entscheidung

Aber konnte ich dies überhaupt machen? Zweifel kamen auf. Zu Hause angekommen setzte ich mich erst einmal in meinem Sessel und ließ die Gedanken schweifen. Immer wieder stellte ich mir die Frage:

173

"Was sollst du tun?"

„Was ist richtig?"

In den nächsten Stunden war ich fast einem weiteren Zusammenbruch nahe.

So sehr wühlte mich die Entscheidung auf.

Dabei habe ich früher solche Entscheidungen in „null Komma nix" entschieden und umgesetzt.

Und jetzt?

Jetzt zittere ich vor einer Entscheidung die ich treffen soll, die aber nicht nur uns betraf, sondern auch die weitere gemeinsame Zukunft.

Dabei fiel mir eine Sache ein, die ich im erweiterten Bekanntenkreis mal zu Ohren bekam.

Da hatte ein Mann in meinem Alter über 28 Jahre für einen Betrieb gearbeitet, hat ihn mit aufgebaut, ist über die Jahre in immer höhere Postionen aufgestiegen, war anerkannt und beliebt.

Aber mit den Jahren wurden durch neue Leute in der Geschäftsleitung die geleistete Arbeit nicht mehr anerkann und gewürdigt, sondern es regierten nur noch die nackten Zahlenwerte. Der Stress, die immer höheren Anforderungen und der Zeitdruck hinterließen auch hier Spuren.

Eine schwere Depression kam auf. Man zweifelte an seinem Können. Er bekam neue Aufgaben. Bewältigte sie mit Bravour und bekam dennoch keine Anerkennung. Die Federn steckten sich andere an den Hut und glänzten mit „deren" Leistungen.

Sie wurden gelobt und befördert, obwohl die Leistung ein anderer erbrachte.

Er wurde noch eingeschüchtert und still gestellt mit einer neuen Aufgabe, die sich fast nicht verwirklichen ließ. Wenn er es dennoch schaffte, die Aufgabe zu erledigen, dann wurde sie mit nicht finanzierbar oder als überholt abgetan.
All dies nagte an das Seelenleben dieses Mannes. Als er einige Wochen wegen seiner wieder auflebenden Depression krank geschrieben war, bekam er die Kündigung, als Dank für eine 28jährige Treue zum Betrieb. Hier wurde nach Aktenlage entschieden. Zu hoher Krankenstand!

Aus und fertig!

Ja, da war er fertig.

Seine Depression wurde übermächtig. Trotz aller Hilfen seiner Ärzte und seiner Frau wurde er immer verzweifelter. Als dann auch noch die Klage auf Wiedereinstellung anstand, hat er seinen Glauben endgültig an das Gute verloren.

Eigentlich stand für ihn alles zum Besten!

Er hätte den Prozess gewonnen und mit seinen Fähigkeiten, trotz seines Alters, hätte er mit Kusshand eine neue Aufgabe gefunden.

Aber was tat er in seiner Verzweiflung?

Er nahm sich für alle unerwartet das Leben!

Keiner versteht dies bis heute?

Weder seine Frau, noch sein Sohn. Warum muss man einen solchen Menschen in eine solche Lage bringen, wo es für ihn fast nur noch einen Ausweg gibt?

Den Freitod!

Welche Gedanken haben ihn bewogen, seinem Leben ein Ende zu setzten?

War es der Verlust seiner Arbeitsstelle, seiner Lebensaufgabe im Betrieb?

Oder sah er keinen Ausweg mehr, jemals wieder zurück in den Beruf zu kommen?

Nahm ihn dies alles zu sehr mit, als das er keinen anderen Ausweg mehr fand beziehungsweise sah?

Oder war der Druck schon so hoch, dass er bei einer Rückkehr Angst hatte, den Anforderungen nicht mehr zu genügen?

Wir werden es niemals erfahren!

Soweit wollte ich es nicht kommen lassen. Noch konnte ich klar denken.

Am anderen Tag ging ich am Nachmittag, bevor ich wieder zur meiner Frau fuhr, in eine kleine Kapelle hinein, die auf dem Weg zur Pflegeeinrichtung lag.

Ich war hier allein.

Ich weiß nicht wie lange ich hier saß, aber ich hatte dann eine Entscheidung getroffen oder hatte ich sie von oben bekommen?

Ich weiß es nicht mehr. Aber ich wusste nun, was ich jetzt tun musste.

Am nächsten Morgen schrieb ich meine fristlose Kündigung! Damit hatte ich mich für meine Frau entschieden.

Sie wollte ich auf ihrem Weg intensiv begleiten, was mir mit einem solchen Beruf nicht möglich gewesen wäre.

So hatte ich jetzt Zeit, jeden Tag oder jeden zweiten Tag in die Einrichtung zu fahren und viel Zeit mit meiner Frau zu verbringen.

Wer weiß, wie lange sie noch bei mir ist!

Der einsame Weg aus der Krise

Mein Weg war ja noch lange nicht zu Ende. Zuerst musste ich sehen, dass ich wieder in die Bahn kam. Jetzt hatte ich wenigstens etwas Zeit, mal durchzuatmen. Mal raus zu gehen, um durch die Felder zu laufen. Oder mich auf` s Fahrrad zu schwingen und die nahe Umgebung zu erkunden. Wie lange habe ich dies nicht mehr getan? Schon seit unendlichen Zeiten nicht mehr.

Die Schönheit der Natur genießen!

Endlich keinen Druck mehr zu haben, um irgendwelche Plan-Vorgaben zu erreichen. Sondern auch einmal in den Tag hineinzugehen, ohne irgendwelche Anforderungen, die einem die Luft zum Leben nehmen.

Auch wenn die Tage nicht immer leicht waren, es immer wieder Auf und Ab`s gab, die Sorgen um die Gesundheit meiner Frau, aber auch um meine Gesundheit machte ich mir Sorgen.

Der gesamte Stress hatte mein Gewicht in die Höhe getrieben, ohne das ich sehr viel gegessen hatte. Im Gegenteil, ich hatte ich kaum eine Mahlzeit in Ruhe einnehmen können, da immer ein Termin anstand. Auch jetzt ging die Waage immer auf neue Rekordzahlen zu. Ich sagte zu mir: "Das wird auch wieder runter gehen, wenn die Sorgen etwas weniger werden."

Ich versuchte mir eine neue Tagesordnung zu geben. Denn etwas Struktur braucht jeder Mensch.

Ich schrieb mir alle Aufgaben und alle Aktionen auf und verteilte sie über der Woche. So bekam ich eine bessere Übersicht über meine Aufgaben und Aktionen, konnte mir meine Freizeiten festlegen und hatte noch viel Zeit für besondere Aktionen.
Ich versuchte gleichzeitig meine Mahlzeiten wieder regelmäßig einzunehmen, um so wieder ins Gleichgewicht zu kommen.

So machte ich meine regelmäßigen Besuche in der Pflegeeinrichtung, machte Besorgungen, machte die Wäsche, den Haushalt und fand noch Zeit, um auch endlich mal wieder im Garten zu arbeiten.

Mit der Zeit besserte sich auch mein Blutdruck ganz langsam, mein Allgemeinbefinden wurde ebenfalls besser und ich merkte, dass ich Schritt für Schritt aus meiner persönlichen Krise heraus kam.

Ich erfreute mich jetzt mehr an Kleinigkeiten und war froh, wieder auch mal zu Lachen.

Das war ja in der letzten Zeit auf der Strecke geblieben. In dieser Zeit schaute ich mir eher lustige Sachen an, als belastende Themen aus der Medizin und dem Alltagsgeschehen.

Vielleicht war es auch gut, dass man mich in Ruhe ließ. Ich war ja jetzt allein zu Hause, aber zu dieser Zeit fand ich dies nicht als Belastung, sondern eher als Beruhigung.

Hier konnte ich meinen Gedanken in aller Ruhe nachgehen und mir Mut machen, für meinen noch unbekannten Weg in die Zukunft.

Jetzt galt erst einmal sich wieder auf das andere Leben einzustellen, selber wieder zu sich zu kommen und sich den neuen, anderen Herausforderungen zu stellen. So versuchte ich meinen Alltag neu zu ordnen, neu zu strukturieren.

Denn eines war mir klar:

Nur ich alleine kann wieder aus dieser Krise heraus kommen.

Ich muss akzeptieren, dass ich in einer Krise bin, in die ich selbst über die Jahre hinein geraten bin. Irgendwelche Warnzeichen habe ich ignoriert. Ich war ja stark genug allen Anforderungen gerecht zu werden. Es wäre vielleicht auch gut gegangen, wenn nicht die Tragik um meine Frau hinzugekommen wäre.

So fiel eine wesentliche Stütze weg, andere, neue Sorgen kamen hinzu.

Man konnte darauf nur noch reagieren, hatte aber selbst keinen Einfluss darauf nehmen können.

So versuchte ich mich etwas zurück zu nehmen, zog mich zurück und suchte Ablenkung im Lesen, etwas, was ich immer sehr gern getan habe, aber kaum Zeit dafür fand.

Ich fing wieder an zu schreiben.

Ich nahm die Geschichten wieder auf, die ich damals meiner Frau in ihre erste REHA - Maßnahme geschickt hatte.

Bei unseren gemeinsamen Spaziergängen hatten wir unbeabsichtigt weiteren Stoff gesammelt - für viele weitere Geschichten. Vielleicht konnte meine Frau sie irgendwann einmal lesen und ihr ein bezauberndes Lächeln wieder ins Gesicht zaubern.

Vielleicht?

Hoffentlich?

Mit der Zeit fand ich meine Ruhe
wieder und ich fühlte mich langsam
wieder etwas besser. Wären da
bloß nicht die Sorgen um meine
Frau gewesen.
Immer wieder ging es mal bergauf,
was wieder die Hoffnung nährte,
dann ging es im gleichen Atemzug
schon wieder runter, was Bangen
und Hoffen auslöste.
Es gab einfach keine konstante
Linie.

In das neue Jahr 2007 gingen wir
mit einigen Hoffnungen hinein. Die
ersten Wochen ließen sich
ermutigend an. Danach folgte
wieder eine Phase wo man dachte,
sollte es noch schlimmer kommen,
als es jetzt schon war? Aber die
Hoffnung wollten wir einfach nicht
aufgeben.

Schon zum nahen Osterfest sah es
wieder sehr gut aus.

Gemeinsam wurden schon neue Zukunftspläne gemacht. Ein- zwei Chemotherapien sollten noch kommen und dann würde es sich zeigen, in welche Richtung der Weg ging.

All diese Unsicherheiten machten mir aber persönlich das Leben schwer. Trotz aller Besserung bei mir, merkte ich, dass mir solche erneuten negativen Nachrichten immer wieder zu schaffen machten.

Die Unsicherheit wuchs und lähmte mich zu gleich.
Meine Gedanken drehten sich im Kreis. Es war für mich unmöglich, neue Aufgaben anzunehmen, da ich mit meinen Gedanken ganz wo anders war. Sie waren nicht mehr im Hier und Heute, sondern auf einer ganz anderen Ebene.

Eine Ebene, die vielleicht Abschied bedeutete?

Was ich jetzt brauchte war einfach Ruhe und nochmals Ruhe.

Keine Aufregungen, keine Sorgen und keine Gedanken an die Zukunft.

Sollte ich die bekommen?

Das Schicksal schlägt erneut zu

Ostern 2007 waren wir beide noch voller Hoffnung, dass sich alles zum Guten wenden kann. Der Zustand meiner Frau war zu dieser Zeit recht stabil gewesen und so holte ich sie für Ostern nach langer Zeit mal wieder nach Hause. Hier konnten wir auch ihren 51igsten Geburtstag gemeinsam feiern und freuten uns, dass meine Frau wieder mal zu Hause sein konnte. Sie war erstaunt, wie gut und sauber alles war. Sie freute sich und sagte zu mir:

"Dich kann man alleine lassen!"

Die Ostertage nutzen wir zu langen Spaziergängen in unserem Ort. Ich war erstaunt, wie lange meine Frau es im Rollstuhl aushielt. Wir gingen über Stunden durch den Ort und führten das eine oder andere Gespräch mit bekannten Leuten.

Sonst war es meist nach einer Stunde wieder an der Zeit, dass sie sich hinlegen musste, da ihr der Rücken schmerzte, durch das unbequeme Sitzen im Rollstuhl. Aber jetzt freute sie sich, dass sie den ein oder anderen wieder sah und sagte ihnen, dass sie bald wieder nach Hause kommen würde.

Hoffnung keimte auf!

Obwohl es für mich eine sehr anstrengende Zeit war, freute ich mich sehr, dass meine Frau wieder mal bei mir war und wir gemeinsam den Tag verbringen konnten. In diesen Tagen keimte die Hoffnung auf, dass sie es geschafft haben könnte. Noch zwei oder drei Therapien dann dürfte der Durchbruch geschafft sein.

Wir machten aus, dass wir dies zu Pfingsten wiederholen werden. Vielleicht mit einen kleinen Ausflug in die nähere Umgebung, damit sie mal wieder etwas anderes sehen kann, als nur die Pflegeeinrichtung oder die kurzen Stippvisiten zu Hause.

Oster-Montag fuhren wir noch am Nachmittag zu ihrer 90jährigen Mutter, die sich riesig freute, ihre Tochter wieder zu sehen, da sie selber schwer hinfällig war, von der Last ihrer Jahre gezeichnet.

Gleichzeitig nagte die Sorge um ihre Tochter stark an ihren Kräften.

Erst am späten Abend brachte ich meine Frau wieder ins das Pflegeheim zurück.
Ich blieb noch lange dort, bevor ich mich auch wieder auf den Weg nach Hause machte.
Vielleicht konnte ich nun endlich eine große Sorge zu den Akten legen?

Die nächsten Wochen waren wieder ein Spiel zwischen Hoffen und Bangen.

Dann kam Pfingsten.

Ihr Zustand hatte sich dramatisch verschlechtert und man riet mir ab, meine Frau nach Hause zu nehmen, so wie wir es ausgemacht hatten.

Gut - wir konnten es nicht ändern.

So fuhr ich schon früh in die Einrichtung und blieb bis zum späten Abend, bevor ich wieder, etwas traurig, nach Hause fuhr.

„Aufgeschoben ist nicht aufgehoben," sagte ich mir und machte mir selbst Mut.

Die nächsten Wochen waren ein einziges Hin und Her.
Bei jeden Telefonklingeln schreckte ich auf. Meine Blutwerte rasten mit mir um die Wette. An Schlaf war nicht zu denken. Ich schlief, wenn ich müde war, auch wenn es am frühen Morgen oder am Mittag war. In diesen Wochen war ich fast jeden Tag in der Einrichtung. Aber mit jedem Tag wurde ihr Zustand immer schlechter. Der Tumor wurde übermächtig. Obwohl ich in dieser Zeit nicht sehr viel aß, legte ich dennoch an Gewicht zu. In diesem Augenblick war mir das auch völlig egal.

Ich selber musste aufpassen, dass ich nicht fahrig wurde. Ich war oft mit meinen Gedanken unterwegs.

Ich machte mir Sorgen um meine Frau, mit der ich ja die Hälfte meines Lebens zusammen verbracht hatte.
Dachte jeden Morgen, wie ihr Zustand sein wird. Dachte daran, was sein wird, wenn sie von mir geht? Diese Gedanken versuchte ich immer schnell zu verdrängen. Denn sie belasteten mich doch sehr. Noch hatte ich die Hoffnung nicht aufgegeben, dass sich wieder alles zum Guten wendet, so wie vorher ja auch schon.
Aber diesmal schien der Weg anders zu Enden. Am letzten Tag jenes Juni 2007 ging ihre Kraft endgültig zu Ende.

Der Tumor hatte gesiegt.

An diesem Tag veränderte sich mein ganzes Leben.

Jetzt hatte ich niemanden mehr, mit dem ich gemeinsam weiter durch das Leben gehen konnte.

Der Spruch meiner Frau zu Ostern:

„Dich kann man alleine lassen",

wurde zur traurigen Gewissheit.

Damit wurde auch ein trauriger Schlussstrich in unserer über 30jährigen dauernden Partnerschaft gezogen.

Damals ging für mich eine kleine Welt unter.

Es war unsere kleine Welt, die es jetzt nicht mehr gab. Die hatte sich einfach in ein Nichts aufgelöst.

Alles wieder von vorne?

Nach der Beerdigung meiner Frau wurde es immer ruhiger um mich.

Der einstmals große Freundeskreis schmolz wie das berühmte Eis in der Sonne dahin. Die Kinder lebten und gingen ihren eigenen Weg. Bekannte und Verwandte ließen sich auch nicht mehr blicken.

Keiner rief mal an, um zu fragen:

"Hallo, wie geht es dir?

Wenn ich nach Hause kam, war da keiner mehr, der auf mich wartete. Es war still im Hause.

Was blieb mir noch?

Die Fahrten zum Friedhof!

Die Fahrten in die Krankenhäuser, in die REHA - Maßnahmen oder in die Pflegeeinrichtung fielen jetzt nicht mehr an.

In den letzten 2 ½ Jahren hatte ich so fast bald 50.000 km verfahren. All das gab es jetzt nicht mehr.

Ich saß jetzt ohne Aufgabe, ohne meine geliebte Frau da, fühlte mich leer, ausgelaugt, unsicher, einsam, verlassen, gesundheitlich angeschlagen und vor der Frage stehend:

Wie geht es jetzt weiter?

Sollte jetzt alles wieder von vorne beginnen?

Oder sollte ich jetzt in dieser Situation verharren?

Was sollte ich nun tun?

Wie ging es mit mir weiter?

Komme ich selber wieder auf die Beine?

In dieser nicht ganz so einfachen Zeit fiel es mir schwer, irgendwelche Entscheidungen zu treffen.

Man war einfach total verunsichert. Ich überlegte jetzt jeden kleinen Punkt, schob ihn wieder nach hinten, um mir einen anderen vorzunehmen. Letztendlich schob ich die Entscheidung auf. Ich war einfach nicht mehr belastbar.

Ja, ich war nicht mehr ich selber.

Ja, ich hatte Angst mich mit einer Entscheidung zu blamieren, mich auf ein unbekanntes Terrain zu begeben, daneben zu liegen.

Ich war wie in einer Starre gefangen und ließ das Leben an mir vorbei gleiten.

Damals sagte ich zu mir:

"Du muss dich zurückziehen, um wieder allein von vorne anzufangen."

„Du musst wieder lernen, an deine Fähigkeiten zu glauben.“

„Du muss wieder lernen Verantwortung zu übernehmen."

„Du muss wieder lernen, dass Leben anzunehmen."

„Du muss wieder lernen, aufzustehen und ja sagen!"

Rückzug in die Einsamkeit

Das ist alles immer sehr leicht gesagt. Eines war noch da, mein Wille nicht aufzugeben. Also überlegte mir, wie komme ich aus diesem „Tal der Tränen" wieder heraus?

Einen Besuch bei einem Arzt wollte ich nicht. Ich wollte nicht mit Tabletten voll gepumpt werden, um ruhiggestellt zu werden. Es reichte mir schon, wenn ich die Tablette für meinen Bluthochdruck einnehmen musste. Mehr wollte ich nicht mehr zu mir nehmen. Lieber wollte ich mir mit alternativen Naturmittel helfen.

Wichtiger aber war, dass ich wollte, mein Tief aus eigener Kraft zu verlassen.

Mir war klar, dass ich dies nicht in ein paar Wochen hinbekomme, sondern dass ich Zeit dafür brauche.

Also zog ich mich erst einmal zurück. Lebte in den Tag hinein und ließ alles erst einmal auf mich zukommen, bevor ich anfing zu reagieren.

Dadurch verlief mein Leben schon erheblich ruhiger. Da mich keiner vermisste, konnte ich so innerlich zur Ruhe kommen.

Wenn das Wetter es zuließ, schnappte ich mir mein Rad und radelte durch die Rheinauen. An schlechten Tagen ging ich in die Sauna. Wenn ich Lust und Laune hatte, ging es in den Garten und den gestaltete ich dann neu.

Das gleiche tat ich auch im Haus. Ständig änderte ich meine Dekorationen. Ließ mir immer wieder etwas Neues einfallen. Mit der Zeit merkte ich, dass mir dies sehr viel Spaß machte.

Mit der Zeit spürte ich, wie mich eine innere Ruhe packte und ich mich langsam besser fühlte. Mein Blutdruck war nicht mehr so hoch. Blieb sogar recht stabil stehen.

Dennoch gab es immer wieder Tage, die mich auch wieder zurück warfen. Tage, an dem die Wehmut mich wieder erfasste. Dann wurde meine Stimmung wieder in die Tiefe geschickt.
Ich brauchte wieder einige Zeit, um aus diesem Tief wieder heraus zu kommen. Mit der Zeit klappte dies aber immer besser.

So ging dies über Monate. Mein Seelenleben bekam wieder eine gewisse Stabilität, ich wurde ruhiger und lernte auch wieder, die kleinen Dinge des Lebens zu schätzen.
Allerdings kam in den langen Wintermonaten so etwas wie Trübsal auf.

Ich saß dann allein auf meiner Couch, das Fernsehprogramm gab auch nicht viel her. Die Einsamkeit nagte doch sehr schwer an einem. Um nicht wieder in der Tiefe zu verschwinden, überlegte ich mir, was kann ich tun, um meinem Leben wieder einen neuen Impuls zu geben?

Ich überlegte mir, wie ich meine Woche neu gestalten konnte. Gleichzeitig sollte sie auch etwas mehr Struktur bekommen.

Etwas Abwechslung hatte ich noch mit meiner ehrenamtlichen Aufgabe in der Kirchengemeinde, die ich schon seit vielen Jahren machte, damals war sie als ein Ausgleich gedacht gewesen, zum stressigen Alltag.

Hier organisierte ich die Feiern in der Gemeinde. Daneben her war ich noch in der Redaktion der Pfarrzeitschrift tätig. Dort schrieb ich zahlreiche Artikel zu verschiedenen Themen.

Dies machte mir immer viel Spaß. Also warum sollte ich nicht weitere Aufgaben übernehmen, war mein Gedanke.

Mal sehen was sich im Laufe des Jahres 2008 ergibt.

Jedoch fehlte mir etwas. Was das war, wusste ich noch nicht.

Beim Aufräumen von alten Unterlagen fielen mir meine alten Geschichten wieder in die Hände, die ich damals meiner Frau in die REHA geschickt hatte.

Ich erinnerte mich auch an das, was meine Frau damals zu mir gesagt hatte:

"Schatz, es wäre schade, wenn du hier nicht weiter schreiben würdest. Du kannst das doch sehr gut. Vielleicht machst du noch etwas daraus? Schreib weiter!"

Sollte dies ein Wink mit dem Zaunpfahl sein?

Ich als „Schreiberling"?

Ich legte die Seiten erst einmal zur Seite. Sie waren ja nicht schlecht, die Geschichten, die ich da geschrieben hatte.

Sie fanden damals einen guten Anklang, in der REHA – Maßnahme meiner Frau.

Wer weiß?

Vielleicht sollte ich dies tun?

Zuerst machte ich mir in den ruhigen Stunden der Wintermonate Gedanken, was ich eigentlich will, was ich angehen wollte.

Oder ich stellte mir die Frage:

"Wie soll dein neuer Lebensweg aussehen?"

Eines war mir sicher, ein Zurück in die Knochenmühle des Vertriebes wollte ich nicht mehr.
Dazu war in der letzten Zeit auch zu viel passiert. Sollte ich mich um 180 Grad drehen?

Aber wohin?

Gehe deinen Weg! Wo Licht ist, wird es auch Schatten geben!

Wo lagen meine Fähigkeiten, die ich bisher noch nicht bei mir entdeckt hatte.

Hatte ich überhaupt die Möglichkeit, mein Leben so zu ändern, wie es mir manchmal im Kopf herum spukte?
War ich finanziell so stabil, dass ich dies mir erlauben konnte, meinen Neigungen nachzugeben? Etwas völlig anderes zu machen?

Nicht unter einem Druck zu stehen, sondern Zeit zu haben, dies in aller Ruhe zu entwickeln?

Es war schon erstaunlich, dass ich in dieser Zeit anfing, mich wieder für Malerei, Kunst allgemein zu interessieren. Sollte mein Weg mich dort hin führen? Ich war schon immer gern mal kreativ tätig, aber meistens war dies eher die Ausnahme.

Ich selber merkte schon, dass ich in der letzten Zeit wieder mich mehr mit dem kreativen Arbeiten befasste. Sollte dies ein Weg für mich sein?

Das Jahr 2008 wurde so etwas wie ein Wendepunkt in meinem Leben.

Ich nahm neue Aufgaben in meiner Kirchengemeinde an und spürte wieder die Lust, etwas zu bewegen. Neue Aufgaben stärkten mein Selbstvertrauen, welches ja tief unter den Belastungen des letzten Jahres vergraben war.
Stück für Stück kam es wieder an die Oberfläche.

Es waren die vielen kleinen Schritte, die mir wieder Mut machten, nach vorne zu schauen, mit dem Wissen:

"Du kannst es noch!"

Schaue nach vorne!

Mit der Zeit wurde ich immer mutiger. Ich unternahm sehr viel.

Ging mal ins Museum oder in eine Ausstellung. Sachen, die ich früher gern einmal gemacht hätte, aber nie Zeit dafür fand.
Jetzt hatte ich die Zeit, dass nachzuholen, was mir vor Jahren noch verwehrt war. Selbst kleine Kurzreisen machte ich wieder.

Nun merkte ich, dass ich auf dem richtigen Weg war. Meine Gesundheit wurde deutlich stabiler. Oft war ich auch wieder vermehrt mit dem Rad oder zu Fuß unterwegs. Mit jedem Schritt, den ich machte, kam ich wieder einen Schritt weiter nach vorne.

Belastungen waren nicht mehr mit Einbrüchen im seelischen Bereich verbunden. Diese Phase hatte ich schon zum Glück überwunden.

Doch wusste ich noch nicht, wie es endgültig weiter gehen soll.
Neue Kontakte halfen mir, mein Selbstbewusstsein zu stärken.

Ich war wieder neugierig geworfen, auf das Leben.

Dennoch zog ich mich immer wieder zurück, um darüber nachzudenken, wohin mein Weg mich führen sollte.

Oft suchte ich die Stille einer Kirche auf, um dort für mich zu beten.
Hier fand ich die Ruhe, um mich in meinen Gedanken zu verlieren. Vielleicht habe ich hier auch eine Antwort erhalten, die zuerst nur in meinem Unterbewusstsein haften blieb.

Was ist mein Ziel?

Als das Jahr 2008 zu Ende ging, stand ich Silvester am Fenster meines Hauses und schaute hinaus auf das Treiben auf der Straße, in den sternklaren Himmel, auf die Raketen, die von den Nachbarn in die Silvesternacht geschossen wurden, um das neue Jahr zu begrüßen.

Auf einmal wurde ich ganz still. Ich musste an meine Frau und ihre Worte denken. Sollte ich etwa….?

Neujahrsmorgen, nach meinem Kirchenbesuch, setzte ich mich still hin und dachte nach einmal an gestrigen Abend zurück.

Ich holte mir die alten Geschichten hervor, die ich damals schrieb und legte sie vor mir hin. Daraus sollte ich etwas machen? Vielleicht sogar ein Buch?

Unmöglich?

Das erste was ich dann an diesem Neujahrsmorgen schrieb, waren kleine Schriftsätze, die später in so genannten Anthologien verschiedener Verlage erschienen sind. Sie waren eher traurig und nachdenklich.

Die Geschichten aber waren dagegen eher humorvoll, wenn nicht gerade etwas überzeichnet.

In den nächsten zwei Monaten schrieb ich zahlreiche weitere Geschichten.

Mitte des Jahres hatte ich so viele Geschichten geschrieben, dass man fast ein Buch daraus hätte machen können.
Aber wer sollte so etwas lesen? Wer interessierte sich für eine solche Geschichte?
Einer Geschichte, wo ein Strohwitwer versucht, dem Chaos zu Hause noch eine positive Seite abzugewinnen.

Nach Wochen des Überlegens nahm ich meinen ganzen Mut zusammen und schickte das Manuskript an fünf verschiedene Verlage.

Jetzt wird es sich zeigen, ob dies vielleicht ein Weg für mich sein könnte.

Der Neuanfang

In dieser Phase meines Lebens hatte ich das Gefühl, als wenn ich ein altes Buch zuschlage und ein neues Buch aufschlage.

Von den Verlagen, die ich angeschrieben habe, bekam ich von allen Seiten eine positive Nachricht. Das konnte sich sehen lassen. Allerdings waren die Summen der Beteiligung doch recht unterschiedlich. Daher suchte ich mir für meinen Start einen kleinen Verlag aus, wo das Risiko für mich nicht so hoch war.

Ende 2009 kam dann mein erstes Buch heraus. Es war ein ganz neues, unbeschreibliches Gefühl, was man jetzt erlebte, als man sein erstes, eigenes Buch in seinen Händen hielt.

Dies tat dem gesamten Wohlbefinden gut.

Man spürte regelrecht neue Kräfte, neues Selbstvertrauen und das die Entscheidung bis dahin richtig war.

Das Schreiben machte mir zwischenzeitlich soviel Spaß, dass ich zahlreiche weitere Geschichten schrieb. In kurzer Zeit hatte ich zwei weitere Bücher zum Strohwitwer fertig. Sie schilderten den Verlauf einer Krankheit, mit den Auswirkungen für die, die jetzt allein auf weiter Flur standen und versuchten das Chaos zu Hause in den Griff zu bekommen.

2010 machte ich zum ersten Mal eine Buchmesse mit. Sie fand in Leipzig statt. Dort wurde mein Buch zum ersten Mal der Öffentlichkeit vorgestellt. Lesungen rundeten die Vorstellung ab.

In der hausinternen Rangliste befand sich mein Buch auf dem Weg nach oben.

All dies bestärkte mich darin hier nicht stehen zu bleiben, sondern weiter zu machen.

So schrieb ich ein weiteres Buch mit dem Titel:

"Plötzlich allein... wie soll ich leben ohne dich?"

über die Zeit, wo ich vom Strohwitwer zum Witwer mutierte. Mit all den vielen Fragen, die ich mir zu dieser Zeit stellte.

In jenem Jahr machte ich nach fast acht Jahren, zum ersten Mal wieder einen achttägigen Urlaub. Ich fuhr auf die Nordseeinsel Baltrum. Es sollte nicht mein letzter Besuch sein auf dieser kleinen, lieblichen Insel. Hier konnte ich endlich meine Seele einfach baumeln lassen. Einfach mal alles zurück lassen, was mich bewegte. Nichts von zu Hause hören. Endlich mal wieder Mensch sein.

Stundenlang am Strand spazieren zu gehen, die Zeit einfach zu vergessen.

Keinen Druck von mehr von außen!

Einfach die Seele baumeln lassen!

Sich elnfach in den Sand zu setzten und dem Meeresrauschen lauschen. Oder sich einfach in ein Cafè zu setzen und es sich gut gehen zu lassen.

Zeit zu haben ohne Ende!

Die Luft zu genießen, ohne auf die Uhr zu schauen. Diese Tage auf der Insel bauten mich wieder regelrecht auf.

Endlich konnte ich auch loslassen.

Mir war klar geworden, dass ich jetzt an einem Punkt angekommen war, wo ich wieder mehr an mich denken sollte. Mit dem Tod meiner Frau, hatte sich ja auch mein Leben verändert. Nichts war mal wie früher. Ich stand jetzt an einer Schwelle, wo ich mich entscheiden musste. Will ich in der Vergangenheit verharren oder gibt es für mich eine neue Zukunft?
Gut, die Erinnerung wird immer bleiben, sowohl an gute wie auch an schlechte Zeiten. Aber sie haben einen auch zusammen geschweißt.

Nun galt es, sich neu zu orientieren und bereit sein, einen neuen Weg zu beschreiten.

Mit neuem Mut fuhr ich wieder zurück, auch in der Gewissheit, dass ich mein Leben wieder selbst in die Hand nehmen kann und auch muss. Hier fiel alles ab, was mich in den letzten Jahren belastet hatte.

Ich war jetzt frei in meinen Entscheidungen.

Wieder zu Hause, begann ich Überlegungen anzustellen, wie mein Weg denn nun aussehen sollte. Ich hatte zwar vage Vorstellungen, aber wie sollte ich sie realisieren?

Noch einmal sollte sich das Schicksal bei mir melden!

Im Sommer 2010 hatte ich eine Begegnung, die mich fesselte. Ich traf einen Menschen, in dem ich mich auf der Stelle verliebte.
Ich hatte wieder Schmetterlinge im Bauch.

Gleichzeitig stellten wir fest, dass wir die gleichen Gedanken, die gleichen Ideen und auch die gleichen Wünsche hatten.

Wir hatten uns ineinander verliebt.

Mit der Zeit lernten wir uns immer besser kennen und die Ideen wurden immer konkreter.
Eigentlich wollten wir uns aber damit noch Zeit lassen und die Dinge in aller Ruhe entwickeln lassen. Schnell merkten wir jedoch, dass wir einfach zusammen gehörten. Unsere Liebe wurde immer stärker.
Im Wonnemonat Mai des Jahres 2011 führte uns unser gemeinsamer Weg vor das Standesamt und wir heirateten. Im Oktober holten wir die kirchliche Hochzeit im Norden nach. Danach fuhren wir für ein paar Tage nach Baltrum, auf unsere Insel. Wir verbrachten tolle, erlebnisreiche Tage dort.

Und wieder wurde die kleine Insel Baltrum zu meinem oder soll ich sagen, zu unserem Schicksal?
Dabei wurde unser gemeinsamer Wunsch nach dem Norden immer stärker.
Wir spürten, dass es notwendig war, gemeinsam etwas Neues aufzubauen, die Altlasten hinter sich zu lassen und noch einmal komplett von vorne anzufangen.

Jetzt konnten wir das noch tun. Ob wir das in fünf oder zehn Jahren noch getan hätten? Ich weiß es nicht?

Ich glaube eher nicht!

Noch auf dem Heimweg machten wir uns auf die Suche nach einem neuen Domizil.

Eineinhalb Monate später hatten wir unser gemeinsames Glück gefunden und Anfang 2012 war für uns endgültig klar, dass wir im Frühjahr unsere Zelte im Rheinland abbrechen und in den Norden ziehen werden.

Das Frühjahr wurde sehr turbulent und auch sehr arbeitsreich. Am Anfang hatte ich noch Bedenken, ob ich das alles durchstehen kann.

In den letzten Jahren hatte ich ja mehr oder weniger sehr ruhig gelebt, versucht irgendwelche Aufregungen zu vermeiden. Jetzt stand ich nach langer Zeit wieder vor einen riesigen Berg Arbeit.

Trotz aller Belastungen fühlte ich mich sehr gut dabei. Vielleicht war es auch an der Zeit und auch die Gewissheit, wieder zupacken zu können, um das eigene Ego zu stärken.

Oder war es gar die Tatsache, dass ich jetzt nicht mehr allein war, sondern einen Menschen wieder an meiner Seite hatte, mit dem ich wieder etwas Neues erschaffen konnte?

Getragen von der gemeinsamen Idee, für uns ein neues, eigenes Refugium zu schaffen gingen wir das Abenteuer ein. Dennoch hatten wir bei all der Plackerei keinen Stress und Ärger, da wir uns gegenseitig beruhigten.
Sicher spielte auch eines eine Rolle, dass wir uns, trotz aller Hektik, immer wieder Zeit nahmen für einen Kaffee, oder sogar auch noch Zeit aufbrachten, für einen kleinen Ausflug in unserer neuen Helmat.

Ja, wir können sogar behaupten, dass uns die Arbeit Spaß machte und wir immer guter Laune waren.

Auch ein ganz wichtiger Gesichtspunkt, den es früher im Berufsleben nicht mehr gab.

Wenn ich heute zurückblicke, haben wir zwei, fast alles alleine in einer sehr kurzen Zeitphase gestemmt. Das müssen uns andere erst einmal nachmachen!
Nach einer kleinen Ruhephase sind wir nun dabei unsere Ideen umzusetzen.

Die Voraussetzungen haben wir geschaffen und nun können wir kreativ werden.
Wir können, so wie wir Lust und Laune haben, uns dem Töpfern oder dem Malen hingeben. Jedes Kunstwerk erfüllt uns mit einem gewissen Stolz.
Damit habe auch ich auch mein inneres Gleichgewicht wieder gefunden und bin heute glücklich für den Umstand, dass ich damals noch rechtzeitig die Reißleine ziehen konnte.

Wer weiß, wo ich heute stände, wenn es mir damals nicht gelungen wäre, die Reißleine zu ziehen?

Schlusswort

Wenn ich heute auf einer Bank an der Seepromenade sitze, hinauf auf das Meer schaue, dem Wellenspiel gebannt folge, dem Flug der Möwen nachblicke, den Wolken am Himmel zuschaue, dann kann ich heute sagen, dass mein bisheriges Leben auch ein ständiges Auf und Ab war.

Schaue ich heute entspannt zurück, dann kann ich sagen beziehungsweise feststellen, dass ich einen sehr langen Weg in eine schwerwiegende Krise hatte.

Davon gemerkt habe ich dies aber erst kurz vor dem totalen, finalen Zusammenbruch.

Bis dahin hatte man alles Negative verdrängt, sich dagegen gewehrt. Man hat mögliche Symptome einfach ignoriert – es ging ja irgendwie weiter.

So setzte sich aber mit der Zeit, ja fast unbemerkt, ein Bausteinchen an das Andere und irgendwann stand man vor einer Mauer, die so mächtig und stark war, dass man Angst bekam, man könnte von dieser Mauer erschlagen werden.

Man zweifelte an seinen Fähigkeiten!

Vorgesetzte, Kollegen, Freunde, Bekannte und Familie sorgten für weitere Zweifel, die an einem nagten.

Mit der Zeit wurde der Druck immer stärker. Es gab ja auch oft nur noch die eine Devise:

Größer, stärker, weiter und höher!

Und wenn man nicht dabei war, dann war der Abstieg vorprogrammiert.

Unter Druck kann keiner auf Dauer vernünftig arbeiten oder etwas leisten!

Vielleicht ist weniger mehr?

Aber heute zählen leider nur irgendwelche Zahlenwerte und der Mensch bleibt dabei auf der Strecke.

Er ist austauschbar geworden!

Wenn er nicht mehr funktioniert, dann muss er halt gehen.

Er hat einfach ausgedient!

Es gibt viele, die seinen Job haben möchten, auch wenn die Bedingungen dafür immer schlechter werden. So kommt es immer mehr zu Belastungen, zu Stress, zu Ärger, zu Hektik, zu einem hohen Erwartungsdruck - und daran scheitern viele.

Nicht wenige brechen irgendwann unter dieser Last endgültig zusammen und werden ein menschliches Wrack.

Aber wer nimmt dies überhaupt noch wahr?

Keiner!

Jeder ist sich selbst der nächste. Und der Kampf wird in der nächsten Zukunft immer noch härter.

Vielleicht muss sich die Gesellschaft ändern. Für bessere humane Arbeitsbedingungen sorgen.

Was wird aber mit unserer neuen, heutigen Generation?

In der Schule soll es keinen Leistungsdruck mehr geben.

Der Schüler wird gebauchpinselt und hofiert, damit er seinen Abschluss packt, während der Lehrer in seiner Beurteilung beschnitten wird.

Dann kommt er in die Welt der Wirtschaft hinein und erlebt hier sein totales Fiasko. Nicht jeder kann ein Beamter werden.

In der Wirtschaft zählt nur allein die Leistung.

Alles andere interessiert heute wenig. In unserer schnelllebigen Zeit haben sich auch die Anforderungen geändert.

Während man früher zeitlebens bei einer Firma bleiben konnte, sind heute permanente Wechsel angesagt.

Viele Firmen kommen mit einem Boom und verschwinden danach sang - und klanglos.

Schon dies verlangt eine sehr hohe Flexibilität und eine ständige Lernbereitschaft.

Aber wie werden wir mit diesen Anforderungen umgehen? Kann man dagegen ansteuern? Sicherlich nur schwer. Wir stehen heute in einem globalen Wettbewerb, dort können wir uns keine Schwäche erlauben?

Ich weiß es nicht, wo der Weg uns noch hin führen wird.

Schon damals, als man mobil erreichbar war, hieß es: „Prima, jetzt kann ich ihren Mitarbeiter rund um die Uhr erreichen!"

Prompt gab es dann schon die Forderung und die Werbung:

„Unsere Mitarbeiter stehen ihnen 24 Std. mit Rat und Tat zur Verfügung!"

Wo soll dies noch hinführen, wenn die Digitalisierung noch mehr ins Arbeitsleben eingreift?

Wenn wir zu jeder Zeit erreichbar sind, ja erreichbar sein müssen?

Müssen wir uns auf ganz neue Regelungen einlassen?

Müssen wir rund um die Uhr einsatzbereit sein, besonders wenn ein Unternehmen in der globalen Welt tätig ist?

Wie wird dann unser Berufsleben aussehen, geschweige denn unser Privatleben?

Wir werden uns auf ganz neue Arbeitsmethoden einlassen müssen, wenn wir im Kampf um Marktanteilen bestehen wollen! Ob wir das wollen oder nicht!

Im Rückblick kann ich heute für mich sagen, dass ich noch rechtzeitig die Reißleine ziehen konnte. Ich weiß nicht, wo ich geendet wäre.
Vielleicht hätte ich dieses Buch nicht mehr schreiben können und würde heute in einer Klinik oder gar in einer Anstalt für psychosomatische Krankheiten sitzen.
Vielleicht sogar depressiv sein und mit meinem Leben hadern oder ich hätte gar meinem Leben ein Ende gesetzt.

Vielleicht hatte ich das Glück oder es dem glücklichen Umstand zu verdanken, dass meine Ärztin die drohende Gefahr erkannte und mir damals klar und sehr deutlich zu verstehen gab, die Reißleine zu ziehen.

„Und zwar nicht morgen, sondern sofort!"

So habe ich heute die Möglichkeit und kann aus einem Rückblick Schlüsse ziehen, die vielleicht dem einen oder anderen helfen können, sein Leben wieder in den Griff zu bekommen beziehungsweise zu halten und nicht in einer traumatischen Krise zu enden.

Jedoch, um aber wieder aus einem Tal heraus zu kommen, bedarf es auch an dem Glauben an seine eigene Fähigkeiten, dem Innehalten und auch dem Mut, sich zu neuen Ufern zu begeben, um zu erkennen, dass es auch noch etwas anderes auf der Erde gibt, als nur die Jagd nach dem Höchsten, dem Tollsten, dem Tiefsten und so weiter.
Gleichzeitig sollte man sich davon frei machen, immer erreichbar zu sein, immer bereit sein, neue zusätzliche Aufgaben zu übernehmen, sich für unentbehrlich zu halten.

Denn dies ist meist der Türöffner für andere, Aufgaben abzugeben, es ist ja einer da, der macht das. Und das kannst auch du sein!

Jeder ist austauschbar!

Den Unersetzlichen gibt es nicht mehr!

Neben aller Arbeit, neben allen Anstrengungen im Beruf, trotz allem Ehrgeiz, sollte man sich Zeit nehmen, auch das Leben zu genießen und sich selber auch die notwendige Ruhe zu gönnen.
Auch eine Maschine braucht eine Wartung, einen Service, um ihre Arbeit über Jahre zuverlässig zu machen, dies ist bei uns Menschen nicht anders!

Wir sind menschliche Wesen und sind verletzlich. Drum gilt hier eine besondere Sorgfalt.

Eine Sorgfalt, die man nicht nur für sich einsetzen sollte, sondern auch für seine Mitmenschen.
Ein Lächeln, ein kleines Dankeschön kann manchmal schon viel ausmachen.

Lasst uns miteinander gehen und arbeiten, Verständnis für den Anderen haben, ihm helfen, wenn er in einer Krise steckt. Denn nur gemeinsam können wir den globalen Anforderungen standhalten.

Dabei stellt sich einem jedoch die Frage:

Soll man sich dem schnelllebigen Leben unterwerfen, um den gestiegenen Anforderungen gerecht werden oder besteht die Gefahr schnell zu einem Versager abgestempelt zu werden, wenn man nicht mit dem Tempo mithalten kann?

Will man zu den „Erfolgreichen"
gehören? Die ständige Jagd nach
dem Höher, Weiter und Besser
bestimmt dann unser Leben.

Aber kann dies der Sinn des Lebens
sein?

Diese Frage müssen wir uns
stellen, sich damit
auseinandersetzen und jeder muss
für sich selber die Antwort geben.

Ich habe den Absprung aus dieser
Spirale noch rechtzeitig geschafft.
Aber ohne die eindringliche
Warnung meiner Ärztin, wer weiß
wo ich geendet wäre.

Über eins muss man sich im klaren
sein, dass Leben geht weiter –
auch ohne mich!

Oder soll man später in einem
Nachruf sagen:

Er lebte, um zu arbeiten!

Oder:

Sein Leben wurde von der Arbeit bestimmt!

Ich glaube nicht, dass dies unser Ziel sein sollte.

Dazu gibt es zu viele Sachen, die das Leben lebenswert machen!

Persönliche Anmerkung

Ich habe sehr lange überlegt, ob ich dieses Buch überhaupt verlegen sollte, da es ein sehr persönliches Buch ist.

Ich hatte dieses Buch in einer Zeit der Muße und des Nachdenkens geschrieben, wo ich gerade noch so einen seelischen und körperlichen Zusammenbruch, nach einem schweren Schicksalsschlag als Höhepunkt und einem Leben auf der „Überholspur" abwenden konnte.

Der Modebegriff „Burn-out" , der für den Zustand, eines totalen nervlichen und körperlichen Zusammenbruch eines Menschen steht.

Eine Erscheinung, die in unserer Zeit leider immer mehr zunimmt!

Ich habe diesen Zustand persönlich selbst erlebt und schildere, wie ich in die Spirale der Anforderungen unserer heutigen Arbeitswelt hinein geraten bin. Als dann auch noch tragische Ereignisse meinen Lebensweg pflasterten war der Zusammenbruch nicht mehr weit.

Zum Glück konnte ich noch rechtzeitig die Reißleine ziehen, dank der massiven Mahnung meiner Ärztin.

Aber eine Frage blieb dennoch:

Wie geht es weiter?

Diese Frage beschäftigt mich auch heute noch. Ich habe mich damals für einen Ausstieg aus der Berufswelt entschieden, um meine Frau auf ihren letzten irdischen Weg zu begleiten.

Nach ihrem viel zu frühen Tod habe ich mich zuerst einmal ganz zurückgezogen und darüber nachgedacht, wie mein Leben weitergehen soll.

Diese Zeit der Unsicherheit dauerte rund drei Jahre, dann lernte ich meine zweite Frau Manuela kennen. Sie zeigte mir, dass es im Leben auch noch andere Dinge gibt, als immer nur dem Materiellen hinterher zu jagen.
So lernte ich auch mal innezuhalten und die Ruhe und Stille zu genießen, ohne mir Vorwürfe zu machen, was ich in dieser Zeit noch alles erledigen hätte können.

Was mir ebenfalls geholfen hat, war der Umstand, dass wir gemeinsam beschlossen, einen Neuanfang durch einen Ortswechsel zu starten. Mut zu einer gemeinsamen Veränderung sollte man immer habe!

Denn gemeinsam geht es halt besser.

So konnte ich diese, doch sehr unruhige Phase meines Lebens meistern und heute sagen:

Du bist mit fliegenden Fahnen in diese Krise geraten, zwei schwere Schläge des Schicksals taten das Übrige. Nur mit Ruhe, Rückzug und eigenem Willen ist es dir gelungen diese ernsthafte Krise zu überwinden.

Der Autor und seine Ehefrau und
Mitautorin Manuela

Nach unserem ersten Kennenlernen
im Jahre 2010 haben wir ein Jahr
später geheiratet und sind 2012
aus dem Rheinland ins schöne
Friesland gezogen.

Neben dem Gestalten und
Schreiben von Büchern gehören zu
unseren Hobbys noch das Malen
auf Leinwänden und das Gestalten
von verschiedenen Motiven aus
Ton.

Bisher erschienene Bücher des Autoren - Teams Fritz-Stefan und Manuela Valtner

Das erste Buch erschien Ende 2009, mit dem Titel:

"Das Leben und Wirken des Strohwitwers Fritz"

ISBN-Nummer: 978 3911 1758070

Dieses Buch enthält Briefe an meine erste Frau, die ich meiner Frau in die zahlreichen REHA - Maßnahmen nach ihrem schweren Unfall geschickt habe, um sie aufzumuntern. Es sind Geschichten, die meinen Alltag als Strohwitwer aufzeigen und nur eine Aufgabe hatten, meine Frau wieder zum Lächeln zu bringen, trotz ihres harten Schicksals, was sie unschuldig erlitten hatte.

Ein Jahr später kam mein zweites Buch mit dem Titel:

"Plötzlich allein... wie soll ich leben ohne dich?"
ISBN-Nummer: 978 3939 241068

heraus und beschäftigt sich mit dem plötzlichen Verlust meiner ersten Frau Maria und den vielen Fragen nach dem warum, weshalb und wieso.

Aber auch mit den Fragen, wie geht es jetzt weiter... allein und verlassen?

Im gleichen Jahr folgte ein weiteres
Buch mit dem Titel:

"Sex... kann so schön sein... man muss ihn nur haben...!

ISBN-Nummer: 978 3939 241010

Hier habe ich mich wieder mehr
meinem eigentlichen Metier
zugewendet, der Satire und des
Humors.
Hier hatte ich die einmalige
Gelegenheit in einer lauen
Sommernacht, die Erzählungen
über die Unzulänglichkeiten, die
man im Bereich des Liebesleben
erleben bzw. die passieren können,
zu notieren und sie in diesem Buch
der Nachwelt zu erhalten.

Im Oktober 2011 erschien ein weiteres Buch im Bereich der Satire mit dem Titel:

"Kolvensbachs Pitter... und sein leidvoller Ehealltag"

ISBN-Nummer: 978 3939 241669

Dieses Buch hatte leider einen sehr realen Hintergrund. Ein Freund von uns, kam durch die späte Heirat mit seiner Amalie, in diese Lage hinein und wir versuchten ihn mit allen Mitteln, die uns zur Verfügung standen, zu helfen.

Manchmal ein sehr schwieriges Unterfangen.

Dann schrieb ich ein Buch über ein neues Familienmitglied in unserem neuen, gemeinsamen Hausstand, dass nach der Heirat mit meiner Frau Manuela, einzog.
In diesen Buch finden sie zahlreiche kleine Zeichnungen von meiner Frau Manuela.
Dieses Buch wurde dann auf der Leipziger Buchmesse im Jahre 2013 von uns gemeinsam vorgestellt und trägt den Titel:

"Mein Name ist Jacey, die Hauskatze"
ISBN-Nummer: 978 3944 028224

In diesem Buch habe ich unsere Hauskatze, unsere Diva, eine Edelkatze, mal erzählen lassen, wie sie ihr Leben bei uns, ihrer Dienerschaft, aus ihrer Sicht erlebt. So gab es einige überraschende Geschichten und Situationen, die meine Frau Manuela in ihren Zeichnungen festhielt.

250

Nach einer kleinen Auszeit schrieb ich dann, dank der großen Nachfrage nach weiteren Katzengeschichten, ein weiteres Buch mit dem Titel:

"Rusty packt aus... Die Welt aus Katzenaugen"
ISBN-Nummer: 978 3981 1709223

In diesen Buch erzählt unsere zweite Katze, eine Katze vom Land, ihre Sichtweise über uns.
Sie hatte aber etwas, was sie von anderen Katzen unterschied:

Sie hatte einen wunderbaren Charakter.

Im November 2016 war es dann soweit und ich konnte meinen ersten Krimi verlegen. Diesen hatte ich in unserem Urlaub auf der Ostfriesischen Insel Baltrum geschrieben.

Kommissar a. D. Klaus Schöne Aktenzeichen 2609

Ein ungeklärter Mord auf der Insel Baltrum
ISBN-Nummer: 978 3741 288135

Ein in den Ruhestand versetzter Haupt-Kommissar fällt auf der Insel Baltrum ein Zeitungsartikel in die Hand, der seine Aufmerksamkeit weckte.
Es ging um einen Mord, der bereits über zwanzig Jahre zurück lag und immer noch nicht aufgeklärt war.

Kann er ihn aufklären?

Danach folgte ein Buch, dass die Geschichte eines älteren Paares erzählt, dass sich durch einen glücklichen Zufall findet und dann gemeinsam einen Neuanfang wagt, mit einigen Hindernissen.

„Liebe zwischen Lee und Luv"
ISBN-Nummer: 978 3744 803607

An diesen Buch haben wir wieder gemeinsam gearbeitet und zeigt einige Gemeinsamkeiten aus unserem eigenem Leben auf.

Alle Zeichnungen stammen aus unseren eigenen Federn.

Da die Themen nicht ausgehen und in zahlreichen Gesprächen immer wieder der Arbeitsalltag mit seinen vielen Unzugänglichkeiten auftauchte, war die Überlegung nicht mehr weit, ein Buch über das Arbeitsleben zu schreiben.

„Das Leben des Peter Bork"
ISBN-Nummer: 978 3744 829366

In diesen Buch wird über den Aufstieg und Fall eines erfolgreichen Vertriebsmitarbeiters berichtet, der viele Parallelen zu meinen eigenen Erfahrungen in diesem Bereich aufzeigt, in dem ich selbst über 30 Jahre tätig war und alle Facetten des Vertriebes kennengelernt habe.

Auch hier sind alle Zeichnungen von uns.

Nachdem mein erster Krimi sehr gut angenommen wurde blieb es nicht aus, einen weiteren Krimi zu schreiben, der hier ebenfalls im Raum Friesland spielt:

Kommissar a. D. Klaus Schöne Aktenzeichen 1510

Leichenfund in einer Friedeburger Kiesgrube
ISBN-Nummer: 978 3741 281082

In diesen Fall geht es um den grausigen Fund einer Frauenleiche in einer Friedeburger Kiesgrube.

Gemeinsam mit seinem Kollegen Kommissar Schulz versuchen die beiden „Spürnasen" den verzwickten Fall zu lösen, der sie bis nach Portugal führt.

Mit einem Abstand von zehn Jahren beschreibt der Autor noch einmal die Zeit nach dem Tod seiner ersten Frau.
Das Buch bekam den Titel:

Plötzlich allein...
... aber das Leben geht weiter!
ISBN-Nummer: 783 746 34393

In diesem Buch werden noch einmal die vielfältigen Facetten des Lebens noch einmal dargestellt, die nach dem Tode eines geliebten Menschen auf einem einströmen.
Gleichzeitig wird aber auch die Zeit des Aufbruches, der Beginn eines Neuanfangs geschildert, gemäß dem Leitsatz: ... aber das Leben geht weiter, ohne die Erinnerung an das Vergangene zu vergessen.

Das Leben geht und ein Neues kommt. So war es auch bei unseren beiden geliebten Katzen, Jacey und Rusty, die uns viele Jahre begleitet haben.
Wie das Schicksal es wollte, folgte auf unsere beiden Katzendamen nun ein Kater.

„Gamaschen Fynn"
...ein Kater erzählt.
ISBN-Nummer: 978 3748 151944

In diesem Buch erzählt unser Fynn, der sich uns, auf seine alten Tage, noch einmal ausgesucht hatte, nachdem er sein geliebtes Heim verloren hatte und eine lange Zeit „auf der Straße" leben musste, über sein Leben und seine Erlebnisse bei uns.

Da die Welt des Verbrechens nicht still steht, steht unser Kommissar Klaus Schöne steht nun vor seinen dritten Fall, den er in seinem Ruhestand lösen soll.

Kommissar a. D. Klaus Schöne

Aktenzeichen 1017
In den Tiefen des Moores

Ein merkwürdiger Fall beschäftigt unseren Kommissar.

Bei den Ausschachtungsarbeiten von drei neuen Windkraftanlagen im Gebiet des „Herrenmoores", welches südlich von der Gemeinde Zetel liegt, wurden die sterblichen Überreste von drei Menschen gefunden.

Eine Spur führt bis nach Südtirol.

Auch in den sogenannten Anthologien finden sie zahlreiche Texte von mir wieder, wie zum Beispiel bei:

Deutsche Literaturgesellschaft
Gedichte, die die Zeit überstehen

Erinnerung
Liebe
Weihnachten

August von Goethe – Verlag
Glücklich allein ist die Seele, die liebt

Der Hochzeitstag
Mein geliebter Schatz
Wehmut

Zwiebelzwerg – Verlag
Keinen Augenblick mehr mit dir

Der Talisman
Mein geliebter Schatz II

Genieße die schönen Momente,
die dir das Leben bietet.

Auch wenn dir das Leben viele Steine in den Weg legt, so gibt es doch immer wieder schöne Momente, die dein Herz springen lässt!

Nimm sie wahr!